禹甸行吟集

桃熟流丹诗词联删存

杨益安——著

山西出版传媒集团 北岳文艺出版社

·太原·

图书在版编目（CIP）数据
禹甸行吟集 ：桃熟流丹诗词联删存 / 杨益安著．
太原 ：北岳文艺出版社，2024．12．--（笔墨颂歌 / 陈德民主编）．-- ISBN 978-7-5378-7031-3
Ⅰ．I227
中国国家版本馆 CIP 数据核字第 2024LK8438 号

禹甸行吟集：桃熟流丹诗词联删存

YUDIAN XINGYINJI : TAOSHU LIUDAN SHICILIAN SHANCUN

杨益安 / 著

选题策划
刘卫红

责任编辑
赵 勤 刘晓京

封面设计
朱美婷

印装监制
郭 勇

出版发行：山西出版传媒集团·北岳文艺出版社
地址：山西省太原市并州南路 57 号 邮编：030012
电话：0351-5628696 （发行部） 0351-5628688 （总编室）
传真：0351-5628680
经销商 ：新华书店
印刷装订：廊坊市旭日源印务有限公司

成品尺寸：145 ㎜×210 ㎜
总字数：934千
总印张：39.75
版次：2024 年 12 月第 1 版
印次：2024 年 12 月河北第 1 次印刷
书号：ISBN 978-7-5378-7031-3
总定价：260.00 元（全五册）

《禹甸行吟集》序

尹国庆

益安君诗集初成，索序于我，谬蒙青眼，推之不却，既已承命，勉强而为。奈何我学识浅薄，以致慧根愚钝，而益安读书之成效、远足之事功皆胜于我，力德志行亦遑不让人，由此可知命序殊难矣。

诗者何也？在心为志，发言为诗，情动于中而形于言。故诗出于性灵也宛转以申抒，词之有微义也绸缪而感动。写意咏怀，三唐之鸾歌凤律，戛玉鸣金；缘情体物，两宋之白雪阳春，薰香摘艳。于是有珠玑错落，黼黻辉煌。风雅传承，韵律飞扬。道存丘壑，玉出昆冈。衍为宁社，淮水之旁。情之所系，诗与远方。清芬远挹，吟帜高张。岁月匆匆，驹隙流光易迈；尘寰落落，诗心风度难藏。

益安君着力杏坛，遍栽桃李，绛帐留馨，诗书养性。浮生劳逸，非关世事乘除；襟抱初开，消得人情练达。故虽侧身天地其间，有放眼河山之志也。孙绰云:“情因所习而迁移,物触所欲而兴感。”不亦嘉哉!而当施教之余，谢灵运策杖孤征，遇合山川秀美；得意之时，徐弘祖远游博览，冀存天壤奇珍。于是登名山，访古迹，览胜景，赏烟霞，品评人事，讽咏物华。城市风光，尽收眼底，园林精妙，争诉笔端;丘壑峰峦，渐开胸次，江河湖海，悉入诗囊。遂集成禹甸行吟，初志得偿，旷怀永托。留此日几行泥爪，证当年一段因缘。

张惠言云：“人之生一心而能与万物抗者，志是也。”观今世三界众生，性心浮躁，劳逸失节，纵情恣欲，功利为先，而益安笃志壮游，相抗世俗，不亦贵哉！读《禹甸行吟集》，爱集中丽句清词，俯拾皆是，趣闻典故，著手成春。感骚客逸兴遄飞，漫吟高咏，花生笔底，旧曲翻新。斯集也，篇幅琳琅，声韵流畅，丹壁凌空，入眼关山迢递；遥岑浮碧，萦心胜景绵延。情随物换，神驰万里江山；思与境融，心折千年风韵。喜读琼章，敢矜同调，乃敷陈芜辞，略充芹献，苟称有获，聊奉微忱而已。

是为序。

2024 年 5 月 28 日甲辰年四月廿一序于静堂

十年驹隙倾诗海 半世劬劳壮杏坛（代序）

余尝读“晚清第一人”《曾国藩全传》，书中有记曾文正公为己制定“日课册”，即日记本，名《过隙影》。盖谓时光犹如白驹过隙，但可把握其影，以正己身。“过隙影”出自白香山诗“度关形未改，过隙影难追”。余学生时代语文独好，写作颇自负。此亦乃得益于多年日记之功。遗憾半途而废，日记没能坚持下来。放弃日记习惯盖惰性使然。虽憾甚，但于文字之酷爱未减。

余师范毕业回故乡执教鞭以谋稻粱，潜心育人，无暇顾及文字。犹记少时，信手涂鸦，却苦无师长点拨，毫无建树。后城郊奔走，营营役役，忽忽经年，继而电子产品相继诞生，愈发侵占闲暇，所写愈少。余 2006 年接触网络，在网络悠游，得见许多当代名家诗词佳作。戊子年自己也开始利用碎片化时间自学诗词。工作至今三十余载，除却近十几年学写的诗词联韵文外，笔底竟无较长文字诞生。

又尝闻民国公子溥儒（溥心畬）曾曰：人不会吟诗，难免落入庸俗之列。心有戚戚焉之余，对诗词更丢舍不下。

余素喜吟哦，并世才彦有同好者，更多。当是时，新浪博客时代应算余自学古韵之时。曰古曰今，曰新曰旧，脱然两忘，自开生面，照见真吾。

诗词小众化，宜小圈内把玩。余有自知之明，知若想借此成就事业，成就名利，那无异于痴人说梦。幸余仍对诗词之爱未减，创作不辍。

于诗词，较之家学渊源从小写诗填词之诗友，时间殊为较短，余始学诗时已近不惑。从戊子年网络上接触诗词，自学至今，因为较投入，作品尚算丰稔。继而辛卯年微信问世，交流互动更为便捷。人际交流学习场所逐渐由博客移至微信。博客人气也日趋没落。

“四时甘苦能知足，一己言行怕背人”，此乃余《辛卯自寿》诗中一联，亦是余为人为文之原则。向认为，工作乃谋生手段，诗词为闲暇爱好。工作宜尽力，诗词需真情。创作，余自秉持自身特点与个性，保持初心。足矣。其他不奢望不考虑。“静守初心还率性，淡然诸事不如人。”如此，甚好！

除却教鞭稻粱谋之外，余最大爱好，实为旅游而非诗词。余被人称外号“金陵独行侠”“杨霞客”。这些年来，余已走过了除台湾外的所有省市自治区。旅游行吟爱好之保持，成就余太多旅游作品。这也是余作品中比重最大者为山水旅游作品之故。凡所亲临之地，余皆用诗句留下痕迹。“夙梦征途次第圆，神州风物驻心田。”旅游和诗词逐渐难以分离而变得圆融。这也乃此书命名《禹甸行吟集》之缘由。

中华诗词、省市诗词学会，余皆未加入，虽然其中多有好友，也劝余加入。那些浮名让想拥有者去争吧，余也真无贬抑之意。于我，觉得真无用处，远之可也。

三四年前于网络中结识楹联名家怀抱昆仑。昆仑兄曾言于我曰:写作先必有写作欲望,无想法而写出之物辄无灵魂。我甚认可。从而对余之今后创作多了审慎态度与要求，再也不愿随笔涂鸦。

现在想来，余不少诗词乃为写而写。此应为余前期诗词问题之所在。前期特别满意作品不多，整理之际删削大半有余，但仍保留些许庸常之作,皆因为余人生阅历之组成部分,颇难取舍。“重温尘路尚能诩，当弃吟笺偶自珍”罢了。

人生如白驹过隙，已过天命，回首前尘，深惭无所长进。翻检旧箧，积稿盈千，虽陋亦自珍。此即今整理付梓之故。

然余生性不敏，而因缘系之，自 2008 年始自学韵文至今，耽于诗词至今十六年矣。然其始也，画蚓涂鸦，摘抄研读，既无良师引路请益，亦无高深师长切磋。硕彦耆宿多，却难厕身其间。只能寝馈于网络作品、历代诗话中，徘徊不得门径多年，后得于微信传播交流，幡然有所悟，遂收拾性情，渐入格律。千年伊始，网络流行，足不出户得与天南海北诗友朝夕切磋唱和，眼界胸次渐觉豁朗。唯让自己多写多练，转成癖好，终拾些门径。

五年前，我因缘际会自创了个人诗社——宁社。五年操持，在南京本地以及网络诗社中，诗社口碑以及社员作品质量，反响颇令人满意。于当今诗人满天飞、诗社多如牛毛之大环境下，做个写诗人须有自知之明，办诗社也必须有奉献精神。皆非靠宣传靠口去浮夸所能达。许多诗社成立之初，曾信誓旦旦要做到全国前多少位、多少强之内，几年下来，也只是做成了个笑话。

今检点旧作结而成集。窃谓是集也,向之诗路历程,人生百感,或可见焉。至于声情文字，但求平实妥帖而已，实不足为方家雅士一哂。

或曰：诗至唐，词至宋，已臻极致，今人拾之，皆古人牙慧，有何意趣？余曰不然。诗者，体情言志之具也。山川天地万物，古今略同，人生际遇千端，因人而异。出之于诗词，观之于读者，各具面目，也各生意趣，古人今人，聊补付之阙如。

又或曰：诗者，雕虫小技耳。此余亦认同。至于余，自适性情而已。诗如其人，吟咏既久，涵养遂深，此诚诗于作者修持之益也。读人诗，感染其境界志趣韵味之余，必能陶冶性情，考见得失，震暮气，淳风俗。此又诗于读者、社会教化之功也。

虽时有枨触，辄假诗一抒胸臆，聚沙成塔，终有些许规模。余爱诗却无心作诗人，惟记录所思所感，来一吐平日不愿言之不堪言者，以期留其人生鸿爪与感悟而已。

自触网始，因喜欢某姓名不详作者之《采桑子》有句：不计辛勤一砚寒，桃熟流丹，李熟枝残，种花容易树人难，遂取“桃熟流丹”为网名（喻教师职业）而行世一十八年。

年前，读明朝唐玉《谢冠宾赞》有句曰：“谩有某物，少寓谢忱。愧非酬宾之礼，聊申曝芹之私。”因之用以余书斋之名曰：曝芹庐，便想到改网名。于是自甲辰（2024 年）始，余网名由“桃熟流丹”易为“曝芹庐”。

亦有此《禹甸行吟集——桃熟流丹诗词联删存》也，盖对过去韵文岁月作一回顾汇总与反思。有生之年，如有第二本诗集，书名大概率为《曝芹庐诗词联删存》了，盖人生第二阶段作品集也。

酒逢知己饮，诗向会者吟。凡此种种，余之耽诚，定会为诗友理解。不再赘述。

杨益安

甲辰桃月于金陵曝芹庐

凡例

1.《禹甸行吟集——桃熟流丹诗词联删存》所收录诗词联均为原创作品，时间在2008—2024年前后十六年之间。初学那几年删除较多，本诗集主要为近些年的微信发表之作。

2. 入选诗词，诗皆遵循《平水韵》，词皆遵循《词林正韵》，无新韵作品，更遑论中华通韵了。体裁为近体为主，兼之古体。讲究格律，质量为上。

3. 个人作品，打破时间顺序，也打破了律绝词的顺序，完全以地域分组排列。每组皆有律绝词和古风，多少不等。

4. 每组作品中，基本按照七律、七绝，五律、五绝（极少），古风、词先后排列。

5. 流丹楹联本来是作为附录的。但一来也是我的最爱，二来数量也可以。于是没作附录，而专作一类并列排列诗词作品之后。

6. 另，因为此集为禹甸行吟，包括部分酬酢诗，皆为旅游作品。我的咏人、咏物、节日、时政、个人感怀、诗话等，亦我学习古韵的概貌，能比较全面地展示我的学习成果。因为不在本书主题之内，故未收录。

目录

卷一 华东篇

卷二 华南五省区

卷三 华中三省

卷四 西南五省

卷五 西北五省

卷六 华北五省区

卷七 东北三省

卷八 桃熟流丹楹联选

华东篇之一：江苏省 13 市

· 南京 ·

1. 江宁

甲辰三月十五随诗社来陶吴古镇采风顺道进入昔日高中母校陶吴中学一览，高中合并搬去城区多年，校舍废弃，满目荒凉，感慨系之

围墙斑驳杂柴薪，校舍依稀对故人。
桌椅如山楼道暗，荆榛遍地乱枝伸。
牵怀往事三年短，定格韶华一梦真。
未散尘烟今泛起，就中点滴是青春。

庚子大雪前日与易水寒偕江右剑川兄博望怀抱昆仑兄同谒南唐二陵

牛首葱茏天阙开，祖堂毗接自崔嵬。
双陵空寂呈次第，别样繁华付劫灰。
异代凄凉真足泪，当时隐忍已堪哀。
谁怜唐塔长为伴，遗迹千年杂草莱。

参观大塘金南京艺术学院钱为教授工作室

近水深藏足避尘，丛林吐绿报初春。
衷情塑像斫泥手，雕刻时光自在身。
一派谦和人大雅，多番妙意性幽真。
半天沉醉东风里，室外梅香味正淳。

九月二十四日与厚土水寒正波国庆金梨同游祖堂山宏觉寺

应召秋深赴祖堂，黄墙叠院任徜徉。
丛林劲带六朝韵，山桂犹生满寺香。
宏觉宏成了宏愿，幽栖幽境振幽芳。
献花岩下流连客，不枉相偕来一场。

注：宏成法师任住持20年，靠化缘重建殿堂院几十间，人称“讨饭和尚”，105岁圆寂。幽栖寺，南朝名刹，宏觉寺在其基础上重建。

过金陵驿旧址仅存文天祥诗碑亭一座

寂寞空亭岁月徂，金陵外郭异当初。
离离春草阶前绿，耿耿丹心石上书。
馆舍潜消楼错落，碑文漫灭感唏嘘。
车尘马迹沧桑换，唯见浮云自卷舒。

癸卯春宁社新济洲采风

浪花如雪拍春空，半日停桡顾盼雄。
一览江心高塔上，环游洲溆绿烟中。
大河回首冥冥淡，芳草侵眸脉脉同。
更有作陪牵线友，采风不用斡旋功。

天许兄来宁就职接风宴分韵得“三”字

分壶遣兴几曾谙，隔座倾杯佐笑谈。
岭外和风携大雅，云边雁字逐天南。
征途半世为妻子，羁旅他乡已再三。
今日相逢敛行色，人生散聚不须参。

腊月十二与明孝陵王馆长赴文史专家程明府邸半日小聚

得失从来一笑中。抽离宦海自雍容。
长安负笈烟尘杳。故土怀山萍水逢。
摇影窗灯苦心志。盈橱卷帙证行踪。
佳肴香茗谈锋健，引领春风入杪冬。

偕游南唐二陵牛首山后车送江西空山兄至禄口机场作别

向来素面总缘悭，江右东风促梦圆。
龙虎六朝情谊地，晴明一路杏花天。
羡君健足能行远，愧我劳身未卸肩。
牛首唐陵聊以慰，不知再见是何年。

邓州仲公兄来宁半日相陪别时有赠

一晤匆匆闻笛催，桨声灯影慰离杯。
临流夜色访桃渡，闲话金陵问劫灰。
花木多情新陌路，江南有约旧村醅。
尘烟契阔翻成诺，且待春风自放梅。

师范同学戴薇薇深圳回宁小聚近 30 年未见遵众嘱吟一律

匆匆一晤久相违，同庆楼中絮语飞。
辨貌听音聆旧事，倾杯忆昔笑腰围。
挹江门外秋声近，三岔河边绿叶肥。
廿九年前挥手处，涛声依旧故人非。

贺宗富公子濮晨阳高分考入中央美术学院

身经百战总辉煌，时过三春花更香。
宁海再添名学子，金陵又出好儿郎。
遗传勤勉两相衬，异禀良师自益彰。
拭目四年诚可待，冲天当合濮晨阳。

送王虎公子王昌泰赴英伦留学

秦淮学子趁行舟，始别寒窗作远游。
回顾十年非侥幸，西飞万里更高楼。
扎根华夏人称慧，负笈英伦自运筹。
从此雏鹰离翼护，拟将天地写春秋。

江宁撤县设区十周年（2000—2010）

岁残已觉朔风凉，十载诚如一瞬长。
谁念艰辛终有报，我知欣慰会无疆。
每闻故土来青鸟，屡见新巢集凤凰。
畴昔风云幸亲历，更祈好梦在前方。

南京众彩物流中心开业十周年庆

远岫暮春含笑迎，雨风不碍客心清。
静摹车水马龙画，广取货山人海经。
自古惠民亏善政，从来乐业望承平。
金陵又树新旗帜，十载韶华作一鸣。

百家湖两岸咖啡馆初晤崔武兄

云际斜阳没一隅，星灯初点百家湖。
三巡春茗情相近，再话前尘心不孤。
欣有令名酬善举，愧无建树证雄图。
骚坛溷迹羞回顾，半世劳劳作腐儒。

初登方山

仰观天印接云霞，初拜南朝释子家。
一水秦淮呈白练，四方碧叶待春华。
新枝难解风霜苦，古木深知岁月赊。
谁令青山斜古塔，陪我共醉日西斜。

丹阳新貌

东风一夜到丹阳，旧貌欣然披靓妆。
柳眼纷睁无睡意，花心半露发幽香。
崭新街市连苏皖，深碧梧桐引凤凰。
莫问摩肩来往客，此间千载合经商。

将军山怀古

逢秋吊古倍堪伤，山送白云雁几行。
故垒空围悲木叶，岳军正待射天狼。
方闻牛首传大捷，旋至风波遭暗枪。
自毁长城非意愿，偏安不用郭汾阳。

牛首山重建开放有感

天生翠岭拥山门，静看春光昼易昏。
隐隐高楼来眼底，层层精舍立云根。
重临牛首饱新貌，长喟江南失旧村。
几度劫波今又在，沧桑不必向人论。

过高台寺村

路近高台日渐斜，春风袅袅柳飞花。
山村空自连云树，断壁曾经属释家。
水映长天开碧野，鸟鸣翠谷醉红霞。
十年旧事浑如梦，谁为丹阳古寺嗟。

己亥中秋夜登东山望月

凉飙如水东山顶，桂影婆娑香气浮。
祠破空留三径叶，蛩鸣难敌一城秋。
余存故地今重至，瘦损腰围当可求。
忽起东坡子由念，仰天不觉湿双眸。

注：东山上有谢安祠、谢安亭和谢安别墅等建筑。

石塘竹海

途穷忽转入村头，竹翠群山一望收。
黛瓦白墙相错落，初心绮愿自勾留。
争尝土灶百家宴，齐赞江宁九寨沟。
最喜清溪流野趣，故园春色染青眸。

谒云台山抗日烈士陵园

横溪山水净烽烟，飞逝流光八十年。
万绿含悲洇大地，一碑凝恨刺苍天。
丹心耿耿自垂世，碧血凄凄谁共怜。
泉下英雄长寂寂，聊将三拜慰先贤。

在之招饮宴贺南昌大学剑川先生来金陵传媒学院任图书馆馆长

洪都风物罢勾留，已觅金陵一处幽。
天印卜居差可易，新亭初晤便相投。
多情诗酒钓鳌客，如寄浮沉不系舟。
同眺秦淮斜照里，萧萧芦荻秣陵秋。

注：剑川（毛静），南昌江右诗社发起人。

深圳诗友龙佩来宁适逢宁社湖熟菊花展采风有幸同赏

湖熟放晴衣尚轻，鹏城胜友幸同行。
稻黄田里香无迹，菊放园中艳莫名。
渐老华年随岁晚，将阑秋气共心清。
但劳青眼存长忆，他日相逢少怆情。

汤山采风，智泉孟总招饮

穿林越岭趁身闲，与会汤山一畅然。
茶水满时车歇栈，鱼虾熟处客尝鲜。
从来杯盏供吟兴，此际风光合雅弦。
诗意人生唯执手，相逢相别即流年。

麒麟门初中同学小聚

霏霏梅雨路成溪，践约佳期犹奋蹄。
小酒含情味辛辣，欢歌无忌调高低。
推杯席上言如蜜，蹈海家中醉似泥。
绮梦红尘留一页，可堪回阅不堪提。

贺东山小学“诗化江宁”楹联示范基地揭牌兼呈张继安校长

频传捷报已寻常，育李培桃一例忙。
学海青苗喜春雨，东山绿鬓染秋霜。
萦心往事情难悔，寄语前途路正长。
今日门墙濡雅意，新笺待写大文章。

10 月 4 日赴夏磊喜宴，所在恰于卅年前余最初任教之高台联中校舍前，校址皆为荆榛杂树所覆，当时踪迹消失殆尽，不胜唏嘘

高台记忆久弥鲜，但秉初心起教鞭。
风雨人生亲学海，李桃事业老花田。
荆榛劲发犹蓬勃，故地重游倍可怜。
聊借喜樽销落寞，轻狂不剩愧当年。

东莞吴世平回宁过年文正腊月二十九招饮上品汇

裹足三年守望同，得来今日喜相逢。
驱驰百里凭传语，擎举深杯多醉容。
长在家山存梦寐，惯于粤海涤心胸。
潇湘碣石有归路，记取壬寅岁末冬。

7月11日宁社桦墅采风

织帘桦墅黄梅雨，锁石初临乡野风。
游兴不消诗兴至，金陵山水得其功。

东山公园

纳凉消夏月团团，秋日登高思谢安。
旧景新风牵吊客，家山此处可凭栏。

进金箔厂车间见女工吹箔有感

工装一色掩芳菲，嘴上功夫相与随。
始信此间真趣味，犹能边干又边吹。

湖熟姚东老街

斑驳砖墙蒿草柔，一街三折古风留。
坊门翁媪坐闲话，岁月姚东共白头。

贺丹阳学校荣获省诗教先进单位称号

校舍隐青樟，风来幽径凉。门墙濡雅意，桃李沐书香。
往事情难悔，前途路正长。三年磨一剑，今日值称觞。

初夏厚土招饮新亭小聚

因耽乡野乐，车马任驱驰。山水获青眼，茶烟濡鬓丝。
吟怀诚可续，旧雨本相知。诗酒酬佳会，归思难自持。

铁心桥徽韵楼雅聚

岁杪尘嚣远，单车赴绮筵。山留初霁雪，人立乍寒天。
残腊诗情外，新春酣酒边。归来欢未薄，从此惜流年。

蔡总邀约雨中游金陵小镇

盘桓燕集里，雨洗积年尘。牛首开画境，华灯娱客身。
楼生千载韵，思接六朝人。岁杪金陵夜，行相各自珍。

赴上国安寺

路转峰回处，飞花偶拂肩。风清穿竹海，云白过林泉。
暂脱红尘控，来参梵宇天。龙山春正碧，已是见禅烟。

己亥菊月参观史量才故居

人杰动桑梓，秋深杨板桥。水乡生巨子，报业起狂飙。
发聩言犹在，听天理不昭。世间多遗恨，落叶正萧萧。

辛丑正月初二登东山

聊因年味寡，遣兴自登山。景未随人老，人能共景闲。
长吟怀谢句，偶眺秣陵关。千载白云下，已然桑海间。

阳山碑材

城东芳草秀，山水涤嚣尘。绿上层层树，碑迎代代春。
雄姿多掌故，幽麓托闲身。巨石不能语，崔嵬自可人。

过仙人矶

驱车赴江渚，故地又重游。漫步仙人渡，遥望新济洲。
涛声销日夜，尘世惯沉浮。所幸诗心健，尚无星鬓忧。

赴谷里周村参加中华诗词之乡推进会

驻足桃源境，殿春牛首山。云流双塔影，绿夺一村颜。
客意徜徉外，乡愁酝酿间。又逢开大计，今后恐难闲。

佘村行

夺目梨花白，独行何畏艰。门迎千顷绿，背倚九龙山。
祠老翻新意，流清映素颜。古村屏闹市，此处合休闲。

黄龙岘

茶村迎逸客，风软地无尘。坡耸晏公庙，人临绿水滨。
高天千树暖，世味一壶春。乡思盈双眼，何辞累此身。

马场山

采风连轴转，今赴马场山。吴帅墩铺绿，周郎桥破闲。
江宁飞古韵，乡土换新颜。一片花如海，徜徉不愿还。

大塘金

夺目薰衣草，倾心紫海洋。闲来避尘俗，近可沐芬芳。
实利属农户，令名归大塘。流连万千客，旖旎合徜徉。

云水涧

置身云水涧，端是水云间。遐迩乡村静，高低木屋闲。
天开连轴画，波映暮春山。犹自深呼吸，花香迫笑颜。

朱门农家

一座宁郎阁，吴山四面青。风吹绿荒野，日上暖空庭。
田稻待丰稔，朱门入典型。金花开五朵，此处是明星。

注：朱门农家景区位于朱门社区斗四村，南京江宁“五朵金花”之一。

汤家家

一道招牌菜，客流盈四时。争相裸旅足，惬意沐汤池。
村衬缤纷色，花呈错落枝。温泉乡落里，人地两相宜。

汤山七坊

户户肴香透，坊坊农味纯。田园变花海，车马集山村。
但得茶三昧，尤亲水一痕。乡愁何处在，此地可寻根。

庚子夏宁社诸子首次与湖北低眉看雪小聚

闲暇逢招饮，衔杯助畅谈。人因意相合，酒得兴沉酣。
春疫犹余悸，离怀诚不甘。生涯多契阔，且幸少忧惭。

立春日贺晨风乔迁江宁

卜居诚不易。谁味积年难。曾慕屋华美，今期心易安。
秦淮堪濯足，天印值凭栏。推牖畅胸次，予怀在两端。

雨后秣陵杏花村赏樱

秣陵杨柳风，偏携杏花雨。谁可领风骚，花海红湿处。
盛放杂含苞，层层压簇簇。粉颜独绚妆，霜白犹楚楚。
飘零谢春风，犹作漫天舞。不怜世味薄，春味厚如许。

剑川招饮分韵《诗经·小宛》之“人之齐圣，饮酒温克”，得“人”字兼读史有感

萧萧洛下起秋风，莼鲈美味漫吴中。
羁宦千里难适意，此际心情许不同。
乡思官声不相称，命驾便归来相证。
江南步兵佐残壶，归来未必为莼鲈。
生逢乱世宜逃秦，洞察勘破能几人。
身死国灭无穷尽，只是当时看不真。
君不见，文种庙堂恋栈死，五湖泛舟看范蠡。

注：张翰字季鹰，姑苏人，有才，纵放不拘，时人谓之有阮籍风度，称之“江南步兵”。

与诸友登江宁东山拈陈廷敬《东山亭子放歌》诗句“君不见谢公高卧东山时”之“谢”字

闲暇登东山，临风怀王谢。流连秋月阁，惜非秋月夜。
风流谢安石，清谈好山野。气度达圆融，不碍性情雅。
局棋净胡沙，镇静装潇洒。两回不世功，两安晋天下。

北风摧林杪，山气杂冬寒。诗廊涵古意，无不说谢安。
太白与东坡，才华何齐天。来此皆俯首，艳羡功名全。
闻风后来者，凭栏吊先贤。故土存遗迹，愧少拜谒篇。
少志一如梦，梦碎白云端。下山犹谨慎，老腿已蹒跚。

注：清金陵四十八景之一“东山秋月”，即在此。

江宁广电大楼新楼采风行 16 韵

金风吹雨止，秋雨生凉意。凉意不碍行，亲身赴新址。
楼宇寂寂呈，电梯冉冉起。巍巍天印山，古寺侵眸子。
缓缓古秦淮，俯身即可视。楼内供参观，层层新天地。
处处透新奇，时时杂疑议。心牵解说词，争相去尝试。
我亦坐台前，浅尝演播味。间闻笑语声，人人喜模拟。
隔行如隔山，今更谙此理。眼底广电人，严谨皆相似。
节目长耶短，流程已成例。首尾阅流程，成之真非易。
回顾半日行，感慨颇难已。作为江宁人，欣慰都在此。

中秋故里行

离开故乡陈塔村二十余载，老屋亦低价鬻与村人。近传政府“万亩良田工程”之故，给予陈塔及周边村拆迁并择地安置。中秋得空往一观，心有戚戚焉。

单车已近故乡土，田貌村容转模糊。
乡心一点难消蚀，客意廿年行渐孤。
尘世营营淹岁月，闲身落落寄江湖。
儿时泥路变石路，树下今吾即故吾。
“拆”字惊心墙留痕，小村次第被鲸吞。
残砖烂瓦横内外。噪音尘土漫晨昏。
满村老屋成断壁，一庭杂草掩蓬门。
井栏残破招蚊蚋，墙角争鸣非鸡豚。

昔日池塘见游鱼，如今垃圾沤黑水。
昔日沟渠分碧野，如今废树杂败苇。
昔日环村膏腴田，如今一望蓬蒿地。
蒿势劲长垄渐颓，此时顿觉儿时美。
君不见，亿万农民厌农耕，天涯海角苦谋生。
粮油齐向转基因，根在庙堂非在民。
君不见，庙堂处处思拆建，安置高楼连成片。
城乡规划已一体，山雨欲来风不止。
万亩良田美其名，毁村拔寨势必行。
田地抛荒逾十载，何如转型再重青。
我言拆迁非恶政，重拾山河待新生。
只是切勿伤农本，惠民善政重公平。
秋山遥望淡墨皴，故里行将抹旧痕。
惆怅谁怜青眼客，拭目故里又一春。
故里行，行不得，纷呈滋味难尽说。
宁愿儿时远江南，清贫安稳度余年。

忆江南·南山湖

郊野外，碧绿这方天。满目清荷生野趣，一湾湖水绕南山。秋日小清欢。

忆江南·谷里郁金香

徐家院，花海任徜徉。黛瓦粉墙环翠碧，绿株单朵顶红黄。沉醉郁金香。

西江月·回儿时住地陈塔村

绮梦无凭易醒，闲愁积久难排。而今重到故乡来，仿佛桑田沧海。
隐约儿时模样，参差旧日情怀。韶华远逝莫相猜，春草池塘还在。

清平乐·江苏园博园

楼台场馆，尽入青青眼。半日未能行个遍，处处新风拂面。
绿水环绕青山，矿坑换了容颜。往昔伤痕累累，如今绿色家园。

清平乐·陡门口采风

深秋湖熟，果实盈双目。水稻金黄呈画幅。赚取游人旅足。
门前蔬菜青葱，枝头柿子通红，最是水乡情味，陡门口在其中。

清平乐·汤山矿坑公园

危崖飞瀑。清画堪盈幅。圣水御汤侵双目。却是人工修筑。
矿坑痕迹依稀，如今草木离离。化作祥和胜景，汤山演绎神奇。

清平乐·南京直立人博物馆

琳琅侵眼。胜地开新馆。科普俨然成示范，仿佛置身梦幻。
天书密码分明，铺开文化金陵。尽可寻根问祖，更能消遣怡情。

清平乐·第十届湖熟菊花展

厅中田际，正值缤纷里。绚丽红黄兼粉翠，兀自徜徉陶醉。
已然十载芳华，霜天又至农家。淡雅暗香盈袖，教人艳羡清嘉。

清平乐·徒步十里长山凹

佘村向北，已被时人识。又是矿坑成胜迹，镇日游人如织。
碧波深峡清心，侧边壁立如林。蓦地一声坐啸，长传袅袅余音。

少年游·青龙山庄同学小聚

樽前师友，心头快意，无忌话平生。沈约风流，谢娘才气，此际尽虚名。

倾情作罢，月明人去，窗外满天星。老我青衫，误人学问，辗转不胜情。

少年游·4月4日游秣陵杏花村

垂杨涌翠，早樱绚粉，花木巧争春。游心正炽，诗情难抑，况是赏春人。

畅怀胸臆，寄怀山水，犹可净心尘。遥想从前，静思当下，悲喜已难分。

鹧鸪天·咏谷里徐家院

明媚朝暾合踏春，如今浪漫属乡村。馨香袅袅田作画，花海层层景衬人。

掀绿浪，断穷根，三园三产出嚣尘。养生谷里丰收望，特色田园一梦真。

注：三园指菜园果园庭园。

踏莎行·三山矶

遥对沙洲，漫寻古渡。江边又是经行处。苇蒿矶外往来船，英雄千载随波去。

柳漾青滩，人招旧雨。偷闲此际和春住。长桥横跨渡人车，白云底下飞鸥鹭。

踏莎行·甲辰春邀约横山之行

静水含烟，层峦涌翠。一车长入横山里。山花沿路点山村，春风染绿天和地。

旧雨新知，红情绿意。环山别具闲风味。豁眸苏皖矗江东，峰巅托我堪陶醉。

摊破浣溪沙·陪维扬诗友登金陵方山

联袂登高释子家，南朝风物待春华。山下秦淮何处望，绿云遮。

天印层峦淹岁老，寻常景致友来佳。多少情怀期一聚，渐成奢。

虞美人·与维扬诸友游南唐二陵

金陵城外秋声远，草木长衔怨。游人难做等闲观，家国卌年唯剩祖堂山。

南唐二主词呈壁，犹可风华觅。风华弥漫映苍穹，无奈回头已是夕阳红。

定风波·受邀参加东山诗社吟诵会

高唱清吟兴未阑，长怀风雨下钟山。少长倾情歌盛会，欣慰。风云甲子伴征鞍。

耳际篇篇花似锦，堪品。先贤更有勉嘉言。回首年来平仄路，甘苦。眼前情景拨心弦。

定风波·咏江宁小川藏线

林密山青正莽苍，家乡始信比仙乡。起伏通途分节奏，消受，风过暑气变清凉。

路迴不嫌来往返，无憾，归时犹带野花香。水韵江宁生胜景，佳境，平添异趣任疏狂。

满江红·南唐二陵怀古

三代奢华，便将那、江山与敌。徒剩下、李家陵阙，累增惋惜。立国多为凭武力，丧邦最是源弯膝。到如今、看故国南唐，唯陈迹。

回廊里，词在壁；陵冢外，人如织。正苍山肃穆、水青山碧。细雨迷离牛首雾，微风缓拂秦淮荻。叹金陵、代代古王朝，亡何急。

满庭芳·陶吴高中毕业二十五周年白鹭湖聚首

翠掩山庄，水依庭阁，笑声难解沉酣。萍踪相诉，有泪不轻弹。半世华年逝水，尽付与、塞北江南。回头望、足痕深浅，苦乐共谁参？

平凡、谁似我，于人诚待，于世深谙。笑身外浮名，云淡天蓝。美酒难承旧谊，有道是、万语杯涵。今休说、星星侵鬓，曲尽意何堪。

水调歌头·陶吴高中毕业三十年聚

暗把眼前貌，来辨旧时身。天涯三十年过，往事化烟尘。那日陶吴执手，种种分离画面，犹在笑中闻。回首此中味，无酒已微醺。

他日约，今日聚，梦耶真？曾经点滴，犹可今夜梦重温。驰骋潮头商海，捭阖官场内外，皆是不凡人。庆幸平凡我，桃李耗青春。

沁园春·方山定宁寺远眺

独上层峦，触目青青，乍暖浅寒。望吴宫故地，频添新貌；晋时陈迹，遥应东山。六代王侯，隔江商女，俱已秦淮一梦残。凭栏处，正钟鸣阵阵，香烛青烟。

楼台烟雨江南，道不尽、繁华几变迁。任伤今吊古，愁来心上；登高望远，怅下眉间。世事维艰，人生易舛，心路从无蜀道难。待回首，看春山盈翠，落日流丹。

喝火令·庚子中秋夜登东山

泄地融融月，梳庭淡淡风。桂花香气透帘栊。又是一方秋夜，人地隔西东。

望远东山顶，消闲闹市中。两厢闲趣迥难同。最忆当时，最忆满山红，最忆彩灯深处，孤影渐朦胧。

惜红衣·壬寅中秋夜登东山时犹在疫中

夜色撩人，凉风振袂，最难将歇。拾步东山，将尘事暌别。秋声隐隐，良可见、霓虹盈睫。堆积。灯火万家，有欢声难匿。

三年印迹。千劫难书，何时了邪疫。繁华盛世，若此不如昔。多少旧时风景，尽在一廊词笔。料月明今夜，知我念思情结。

琵琶仙·咏丹阳镇七仙女送子雕像

清冷如斯，寂寥甚，一夕飞离河汉。前世缘定丹阳，人仙演奇恋。谁料想，天庭震怒，这婚配，风消云散。塑像含悲，青山隐恨，槐树相伴。

漫凝伫，过往如烟，恍然处，清光似初见。唯送子凄凉景，已成悠悠憾。多少恨，千丝万缕，郁结为，画卷呈现。暮色光影依稀，逆风凌乱。

2. 溧水

寻秦淮源头东庐山自观音寺远眺

罗带逶迤去不休，画屏苍翠豁青眸。
秦淮百里源高麓，碧水一方承细流。
钟振烟林犹隐隐，潭呈云影正悠悠。
登高人在秋深处，丽日晴川合壮游。

甲辰春秦淮源东庐山采风

起伏群山绿映红，逶迤萧寺迫西东。
黄墙盈目梵音出，云影半湖天境空。
由此秦淮流百里，望中翠麓润双瞳。
回身近佛漫登眺，缓拂春深槐月风。

无想山采风以周清真《满庭芳·夏日溧水无想山作》“地卑山近，衣润费炉烟”句分韵得“地”字

为寻秋景趁秋光，萧寺钟声隐青翠。
云际层峦动客襟，松间驿路环碧水。
时传梵唱远近山，不碍息心高卑地。
吊古登高无他想，遑论凌风可畅意。

大金山顶望东屏湖

振衣直上大金山，东北盈盈水一弯。
数点翠螺青眼底，满湖绿嶂碧波间。
当年夷寇空陈迹，时下游人展笑颜。
更向苍茫高处望，行云阵阵自悠闲。

师范同学三十年后溧水石湫小聚二绝

辨貌听音问姓名，拍肩笑骂说离情。
青春都在心深处，穿过时光更透明。

俚俗乡音压盛情，和风相伴石湫行。
此时相忆临岐际，泪水骊歌各返程。

溧水遇园

始信江南胜皖南，皖风徽韵此间参。
马头墙与木雕屋，倒映塘中一水涵。

洪蓝山凹村

无想山前寂寂村，遇园镶嵌皖风存。
梅花已结青梅果，累累枝头绿映门。

忆江南·石山下

石山下，村落度千年。三面环山泅古韵，一村涌碧醉新天。暮色最流连。

忆江南·凉蓬下

凉蓬下，近水远山间。旧日乡邻多半隐，新村理念且为先。文旅塑田园。

清平乐·焦赞石

一湖相伴。胜地源焦赞。水色山光堪品鉴。恬美当推堤岸。
春归绿意葱茏，秋深炫目枫红。最喜水车廊下，村民笑语融融。

水调歌头·胭脂河游船上望天生桥

中秋国庆长假，大卫夫妇相邀，去溧水天生桥景区一游，归有赋。

地僻出幽静，深壑隐仙舟。危岩秀水、深流峡谷入双眸。头顶长天一线，两岸青葱倒影，物我共悠悠。坐对神仙侣，笑语散清秋。

桥天生，河人凿，水长流。藏龙入海，应知此地是源头。访古情怀依旧，莫负江南胜景，丽日可忘忧。欲借今宵梦，一梦到瀛洲。

3. 高淳

咏高淳蒋山村双女坟

人鬼恋情今始闻，花山墓草又逢春。
鸳衾鸾镜馈才子，红袋诗抄飨后尘。
驿曰招贤考有迹，坟名双女事趋珍。
驱驰百里劳青眼，耳际乡音味正醇。

秋游游子山

叶落秋山幽径凉，池中云影透苍茫。
登临石外水乡画，文圣庙前鸿雁行。
地有风情堪致远，人生倦怠始望乡。
当年尼父思归处，满目枝疏秋草黄。

游子山

当年孔夫子，踞此竟相违。事惮再回首，风和好振衣。
浮云易消散，游子倦思归。披汗终登顶，霞光正四围。

环石臼湖采风分韵得流字

车阵恣情流。雁声销暮秋。风来摇白苇，水落出荒洲。
青嶂横云远，丹湖逐梦悠。天鹅碎波影，尤是醉心头。

漆桥古村落

南陵牵驿道，关下古街长。石板幽深路，苔痕斑驳墙。
辙深藏岁月，桥老卧沧桑。五孔动人处，清波摇夕阳。

西舍村

曾经红土地，当下典型村。馆场呈一脉，陈设显多元。
岁月烽烟净，承平丽日繁。静心回首际，大美总无言。

大山下村有记

倩影文峰塔，绚丽马鞭草。次第红灯路，整齐农家灶。
田田清荷盖，莽莽绿山坳。静谧小山村，声名达云表。
桃源即田园，乡愁去浮躁。城乡差别多，各取所需要。
久非农村人，乡情尚萦绕。山水新农村，诗心满怀抱。

五排 中国第一慢城桠溪秋日行

慢城宜漫步，常客久徜徉。今脱时间控，来当山水郎。
侵眸墙雪白，蔽地稻金黄。忽忽鸟轩翥，徐徐风嫩凉。
小村容点缀，绿色正嚣张。笑语人潮里，闲身花海旁。
多年快节奏，一日缓行藏。郊外非常境，心中乌托邦。
愿为新起点，生活莫匆忙。

高淳采风朝刚兄设蟹宴招饮

固城湖水泛秋光，湖外蟹田堕清霜。
置身迎湖桃源里，田头湖堤久徜徉。
适有旧雨诚招饮，蟹螯初荐待品尝。
堆盘红壳名香辣，上桌清蒸更琳琅。
团脐尖脐一般好，秋日膏肥见金黄。
次第刀鱼水八仙，漫夸风味赞水乡。
高淳蟹，扣陈酒，不限檀口与纤手。
胡嚼细剔无分别，饕餮豪饮向难有。
香醋涤腥手难歇，清茶消味口犹香。

湖山在侧斯文失，难分淑女和昂藏。
无肠公子善横行，今朝一锅且荡平。
世人横行云变色，自有风摧澄宇青。
宁社人，采风客，今日来过慢生活。
蟹宴佳肴佐胜景，谁解人生此间乐。

清平乐·薛城遗址

烟波石臼。纵目难通透。岁月印痕经刻镂。近岸遗踪邂逅。
悠悠远古烟尘，尚存一角真身。倒溯六千年去，往来皆是先民。

4. 浦口

深秋到南京慧济寺

山环水复涌汤泉，宝地氤氲近佛缘。
银杏飘黄垂圣果，禅钟送远越千年。

佛手湖

绿坡起伏菩提叶，镜面舒张佛手型。
禅意氤氲生水趣，草坪柔软映天青。

象山湖

明镜一方生碧波，象山倒影舞婆娑。
不分早晚人潮涌，身入自然佳处多。

绿水湾湿地

阡陌纵横绿田野，江堤苍翠杂潮声。
晨观旭日城中起，暮赏残阳画里呈。

参观浦口王荷波纪念馆

生涯跌宕始南京，浦镇凭添红色情。
未竟初心先喋血，传承致敬向前行。

珍珠泉公园

古老龙王阁，嶙峋狮子峰。老山背依靠，江水面从容。
泉逐流云影，谷传萧寺钟。引吭珠玉涌，异地不相逢。

徒步老山下行经兜率寺歇息

山为城绿肺，地乃市明珠。捷足朝兜率，役身融画图。
泉林纵穿越，彼此互帮扶。参佛振衣后，独行心不孤。

踏莎行　游浦口侯冲景区

生计空忙，休闲稀缺。侯冲湿地来相接。民风民俗看姚徐，知青故里承悲悦。

乡土风情，知青岁月。青春记忆难湮灭。当年风采现依稀，重新点热心头血。

注：姚徐乃景区内老街名。

谒江浦革命烈士陵园

百万雄师正引弦，忠魂三百已长眠。
今将六十年中事，诉与苍松翠柏间。

谒求雨山林散之纪念馆

心倾求雨山，辗转来江浦。行迹遍山川，诗书名禹土。
长河非一源，健笔逾千古。谁解客怀深，绵绵如水注。

不老村

老村新面貌，绿水傍青山。旅足随人意，尘心可得闲。

水墨大埝

清心水墨画，画里客穿梭。爱此江南景，不时飞鸟过。

岘里人家

圩家生别味，山坳卧幽村。安逸饶青眼，其余不必论。

响堂余晖

桃花村外水，江浦大珍珠。落照融山色，游人入画图。

风入松·谒南京老山南宋状元张孝祥墓

熹微晨色隐层峦，清雾微寒。词廊相拥松冈绿，怅凝眸、衰草荒烟。拾步瘗花临穴，朝阳默默无言。

遥思英气绝尘寰，血碧心丹。爱民惠政人争颂，更谁说、肝胆冰镌。且寄心香一瓣，情怀已越千年。

注：张孝祥，宋高宗钦点状元，豪放派词人，有《于湖词》传世。

徒步翻越老山十二韵

驱车发金陵，取道江心渚。兜率寺初登，盘山路环顾。
手开荆棘丛，杖拨杂枝处。草木渐稀疏，天光趋显著。
山河气势雄，林莽峥嵘露。绿肺润名城，珍珠嵌江浦。
蜿蜒狮子岭，陡峭下山路。云近识山高，枫红是秋语。
此时我为峰，今日心成鹜。俯瞰数峰青，流连红日暮。
沉沉亿万载，老山安如素。滚滚几千年，长江谁可阻。

5. 六合

乙巳春访南京冶山国家矿山公园不得进门卫言及园区正处破产清算阶段谢绝一切游客参观，余心不甘得空翻越而进游览既遂

铁门紧闭绝尘喧。车马频来且驻鞍。
独乐皆因好游历，不甘只得越围栏。
群楼错落皆凋敝，满目衰颓且忍观。
窄轨一弯驰远去，浓阴深处尚轻寒。

游瓜埠古渡老街

瓜洲瓜埠共西津，三渡凭船成近邻。
地接滁河入江口，语亲棠邑老居民。
经过久败长衰日，少了南来北往人。
寂静街心空怅惘，辉煌不再岂无因。

注：棠邑乃六合古称。

六合廊桥

毗邻文庙绿波宽，风雨廊桥呈大观。
清澈滁河五百里，就中棠邑值凭栏。

六合太子山长芦寺

梵宇梁朝释子家，隔江迢遥对栖霞。
沧桑风雨几兴废，一代凭超一代奢。

过六合龙袍知青纪念家园

个人元不是知青，旧日家园几度行。
一段荒唐苦岁月，无端驻足念空名。

钱仓葵园

车流循迹聚钱仓，百亩葵开藐众芳。
爱色追香时见宠，花田人海两徜徉。

止马岭水杉林

金陵遥隔接来安，两省毗邻生大观。
林鹭池杉禅意画，游人怕作等闲看。

瓜埠山怀古

石柱天工呈扇形，佛狸祠古剩空名。
吞吴饮马英雄事，尽付霜秋万里清。

注：刘宋王玄谟北伐惨败，北魏太武帝拓跋焘反击，兵临长江北岸，在瓜埠山建行宫，即佛狸祠。

恋山

连绵草甸绿纵横，坝上风光近石城。
为觅秋声仰卧处，牛羊欢快雁南征。

寻黄天荡旧迹

纵横水网接渔村，辗转犹难觅旧痕。
芦苇漫天如战戟，仅从名字去重温。

六合文庙

氤氲文气拂雄州，孔庙前难见客流。
当下儒风谁待见，人人只爱作钱囚。

注：此文庙早于南京夫子庙，在全国现存22所文庙中历史排第三，规模排第五。

金陵诗社六合止马岭采风拈韵“朱”字

小试登山脚，跻身六合隅。秋雕杉影瘦，风送雁声孤。
一岭黄苏皖，双眸青塔湖。胸中丘壑在，不复羡陶朱。

咏恋山坝上草原用前韵

秋声随日隐，身近景光殊。人是江南客，山呈异域图。
乡村久为汉，天地乍疑胡。塞草连绵处，无须辨紫朱。

注：紫朱，出自《论语·阳货》，喻正邪或真伪。

踏莎行 桂子山石柱林

石炭成林，岩浆凝柱。人来拔地参天处。尘间罕见此雄姿，功成应谢神工斧。

佳构森森，奇观栩栩。如戈似戟浑无主。破闲饱览并登山，春风识得游人苦。

6. 南京城区

阅江楼

金陵城北秀卢龙，不尽长江泻向东。
隐隐青山埋旧事，巍巍楼阁入苍穹。
天低树矮一城小，风劲云闲两眼空。
六百年来谁记取，沧桑唯伴夕阳红。

注：狮子山古称卢龙山。

与天涯网友同登金陵挹江门城楼

蜿蜒城堞向江开，起伏青峦抱郭回。
近浦潮声耳难及，遥峰楼阁势徐来。
雄师长自此门入，画角应为故垒哀。
今日登高堪俯仰，古砖磴道没苍苔。

访金陵拉贝故居

故地重开学府东，山川犹与旧时同。
屠城噩梦滔天罪，止杀高行不世功。
痛史长留辛德勒，烟尘难掩大英雄。
幽幽窗牖透新绿，兀自深深鞠一躬。

谒陶行知墓（行知园）

晓庄轻雾尚氤氲，独向劳山拜旧痕。
故字陈图念容止，肃碑高冢向晨昏。
平民教育今谁秉，财富追求或共尊。
我自深躬长伫立，先生遗语又重温。

深秋游郑和公园兼纪念堂（马府后花园遗址）

马府凄清久抱幽，故园银杏正吟秋。
一廊旧物牵残梦，满地金黄起客愁。
气爽孤身空寂寞，名垂千古自风流。
当时盛举惊寰宇，只是宣威作壮游。

桃叶渡

桃根桃叶久相闻，夫子庙前余旧痕。
蘸碧清溪生浪漫，落红渡口送晨昏。
碑中可溯秦晋事，坊下能追王谢门。
紫陌繁华娱客众，金陵掌故最销魂。

注：秦晋，双关，一指秦淮河与东晋，二指秦晋之好。

过仙林灵山南朝梁临川王萧宏石刻园

晴日灵山一怆神，玻璃巨罩锁残身。
驼碑赑屃伤痕满，侵眼蛟螭纹路真。
王气依稀凝柱阙，荣光仿佛散微尘。
满园红紫分浓淡，清水照花犹照人。

六月十四日金川科技园雅聚有呈高永松司令吴德麟政委

梅雨绵绵六月天，金川园里濡茶烟。
诗肠热血论当下，铁马征尘忆旧年。
事未久经难世故，人凭初晤识清贤。
樽前豪饮衬豪气，聊续金陵风雅篇。

注：高永松，前179师（临汾旅）参谋长，镇江军分区司令员。

冬日受外秦淮“最爽兼职”组委会邀请乘画舫游外秦淮河

犹忆曾当画里人，碧波同映岁华新。
一川细雨迷墉堞，两岸高楼隐要津。
舫外寒风金粉水，座中香茗石城春。
六朝英物今安在，千载名河仍姓秦。

乘秦淮画舫望长干里

清波画轴现微澜，一水抱城生薄寒。
竹马曾经传绮语，青梅从此入毫端。
绿杨阴里名仍著，细雨船头心尚宽。
夙愿几番今已了，秦淮风物任凭栏。

自秦淮河上望金陵最早古城越城遗址

春秋故事自迢遥，功盖金陵第一标。
越相逞才名后世，秦淮有幸伴今朝。
侵眸新绿添憔悴，映水故城空寂寥。
谁惜客人衣尚薄，周边朔气正萧萧。

注：勾践灭吴后令丞相范蠡筑城于秦淮河畔，史称“越城”。

七桥瓮湿地

秦淮河接运粮河，芦苇粘天遮逝波。
栈道纵横时匿迹，游人出没似穿梭。
高林辗转嫌阴少，湿地流连爱绿多。
七孔长桥兼点缀，万般旖旎任消磨。

夜游鬼脸城

危垣峭拔依山势，碧水潺湲绕郭行。
波映六朝空鬼脸，名垂千古自风情。
愔愔倒影倾人醉，隐隐江流入耳轻。
久立良宵忘归去，一弯冬月正长明。

明孝陵

红门神道接崇丘，气势殊勋谁比俦。
殿阙恢宏人惊诧，钟山苍翠客同游。
绿潮侵眼连环涌，快意随心自在流。
风挟松涛来又去，空陵寂寂岁悠悠。

中山陵

潇潇细雨涤凡尘，苍翠盈眸倍觉新。
雾霭蒙蒙缘浩气，松涛阵阵自精神。
钟山有幸埋忠骨，华夏何时忘巨人。
今日登高犹悄步，恐惊长睡一尊身。

参观太平天国历史博物馆

古木深堂正自阴，名园岁月悄相寻。
红羊劫里根基动，青史堆中百感侵。
转战江南如破竹，垂成天国系分心。
几多杂味缤纷处，佳境清幽期再临。

雨中凭吊雨花台烈士陵园

雨花台畔泪花飞，仰首徐徐上翠微。
细雨难浇飘杵罪，愁心不碍劲松辉。
神州恨洒天同哭，大地冤沉石共绯。
远望青山低语诉，忠魂常伴白云归。

下关渡江胜利纪念碑

挹江门外天开处，剑插云霄几破空。
身系巨帆如击浪，字因椽笔正飞龙。
浮雕有幸存青史，岁月无言记大功。
放眼萧然尘世里，诗心试问共谁同。

幕燕风光带

燕矶雄峙大江边，眼底风光枕水眠。
相接群峰镶锦绣，西来玉带演绵延。
六朝胜迹呈城北，一点诗心落梦边。
漫说沿途台洞外，达摩新景入新篇。

徒步穿越南京幕府山

稀疏村落隐林泉，闹市长河各一边。
幕府秋晴抒爽气，层峦云逸矗江天。
渡呈五马飞龙貌，洞接三台仰佛缘。
今日登高骋远目，沉迷山水倩谁怜。

钟山灵谷塔顶远眺

风过深松不忍听，追思踏古拜英灵。
云岚涌聚山头白，苍翠充盈客眼青。
黄瓦红墙堪流韵，雄文高冢自余馨。
金陵此际倍萧索，细雨氤氲湿窈冥。

玄武湖

玄武门开对紫峰，悄循倒影步从容。
粼粼波映台城柳，款款风携萧寺钟。
眼底五洲同涌翠，湖中百舸正追风。
忽思去岁惠民令，心境原来真不同。

注：惠民令，指2010年10月1日玄武湖开始免费开放。

陪同深圳深南沪上太息燕然同游秦淮风光带

春雨霏霏白鹭洲，笑声晏晏媚香楼。
一河烟水兰桡外，六代风流桃渡头。
才俊同来堪恣意，青衿幸得共行舟。
金陵今日牵深沪，点点诗心难尽收。

陪太息燕然游台城分韵得“三”字

钟阜气高秋正酣，满城丝雨润江南。
北湖湘客迷烟柳，南埭山光起笑谈。
水底高楼红隐隐，垣边云树碧毵毵。
甘心一日追年少，况有前尘作久参。

陪太息燕然游燕子矶神策门阅江楼兼送之赴京

豁眸半日意纵横，晋水吴山相竞呈。
落木流云飞爽气，矶风楼影和秋声。
金陵景好难为别，旧雨情深欣共倾。
北上行将期振翮，舞台份应是神京。

登清凉山扫叶楼

每于卷帙见遗文，今日登高拜旧痕。
涩眼清幽寒竹影，重楼静谧对黄昏。
人间多愿朱门附，天下难寻傲骨存。
屡次亲临怜寂寞，凉风一径正销魂。

访魏源故居小卷阿

相寻辗转日趋昏，缘结金陵近始闻。
魂系山川怜欲碎，心忧家国急如焚。
良言名著空书纸，颓院残墙对暮云。
今冒寒风怀旧迹，萧萧故土愧于君。

岁杪登金陵赏心亭

岁阑晴碧喜登楼，近阙遥岑一望收。
天际断鸿出云脚，西隅落日满城头。
波摇十里金粉水，风散六朝传舍愁。
相契赏心谈笑客，星灯烛夜尚淹留。

注：秦汉旅店叫“传舍”，后喻富贵变化时代更替为“传舍”。

金陵怀古

春风又至秣陵关，吹彻秦淮绿蒋山。
陈苑飞歌飘玉树，朱廷奔皖锈刀环。
一签静海铜驼泪，七下西洋大国颜。
兴废全凭人事定，吴宫芳草自悠闲。

注：顺治二年清军南下，弘光帝出奔芜湖。同年5月22日被捕，在北京被处死。《中英南京条约》在静海寺议约签订。

总统府怀古

朱楼翠木积尘埃，此地曾经作舞台。
冠冕频登似江鲫，龙蛇相踵尽英才。
共和肇迹衍风雨，天下为公起霹雷。
浩荡硝烟迎赤帜，钟山混沌始初开。

梅园新村纪念馆怀总理

谒意长随敬意侵，初来此地一登临。
青葱松海环钟阜，肃穆梅园动客心。
世上能寻真典范，人间难再大胸襟。
谁堪同掬苍生泪，涓滴汇同江海深。

江宁织造博物馆春节免费试营业，日愈四万人，游后赋

一部红楼万众痴，江宁织造露容仪。
百年故址横幽馆，四处游人惑巧思。
皆说桃源藏闹市，应亏设计附玄机。
新春有幸先尝味，别样明天应可知。

台城远眺

危垣雉堞势犹雄，高峙清秋阅世风。
一带长江流岁月，千年萧寺立苍穹。
黏天钟阜白云下，迎客后湖青眼中。
最是六朝佳丽地，惜无烟雨演朦胧。

游鸡鸣寺，见昔日豁蒙楼今已成茶楼斋室矣

昔日风云难企求，台城烟柳一湖收。
今来访古难如愿，不及焚香寄望眸。
看客能寻皆食客，名楼虽在是茶楼。
佛门逐利寻常事，徒费时间作暂留。

注：豁蒙楼始建于1898年，为两江总督张之洞纪念学生——戊戌六君子之一的杨锐而筑。

江南贡院

明远楼高览兴衰，风云此地赛燕台。
棘围深琐少流弊，鱼贯长存多栋才。
名士熙熙非入彀，烟尘寂寂已成埃。
世人皆有龙门望，一过龙门动九垓。

八年诗路感怀兼为金陵诗社成立志贺

韵海流年记有时，个中甘苦一心知。
懒趋浊世争蜗角，惯作草根充虎皮。
尘岁常新多感喟，诗怀依旧少矜持。
金陵又值称觞日，点检腰身尚可支。

丙申初夏组织金陵诗社半山园采风倏然已过五载

破闲集结访遗踪，已是薰风换柳风。
萧寺迹残林麓上，孤亭翼立石城东。
废兴园宅功名累，荣谢钟山今古同。
末学相怜千载后，初心未竟转头空。

陪天许兄游黄天荡

闲暇闲人共载阳，听涛吊古代称觞。
滩头枯苇犹排戟，江面征船正望乡。
岁月潮声销白骨，风云板荡射天狼。
柳丝如瀑春晖里，滚滚千年逝水长。

江右诗社辛丑南京年会迎宾诗次剑川兄韵

且趁晴川杨柳风，迎宾意曲许相同。
水牵苏赣流千载，人隔烟尘蕴寸衷。
衔酒金陵知我忝，论诗江右顾谁雄。
东南形胜诚堪慰，况有临川拗相公。

江右诗社熊盛元老师及江西诸贤莅临金陵，余携宁社诸子迎驾与晤有寄

炫目霓虹次第张，巧分春色入华堂。
城南暮色迎诗侣，江右风华杂酒香。
人借觥筹酬向慕，水连苏赣值相望。
良宵夜雨经行处，佳丽金陵待品尝。

癸卯重阳前日小厨娘大行宫店午宴后随董老晨风子时牛石头城登高

远去秦淮逝不还，只今又上石头山。
高墙步履轻轻际，丹桂枝香脉脉间。
石凸千年如鬼脸，运乖十载入时艰。
城林最解秋霜意，聊趁重阳暂破闲。

李如意来宁武定门于氏龙虾店有聚

金陵细雨湿流光，百里驱驰未觉长。
一晤知君身倍健，五年摧我鬓微霜。
犹思怀玉山前约，今举老门东外觞。
莫以夜深起归念，秦淮灯火值徜徉。

注：戊戌年夏我独游浙西数日，如意驾车载我上怀玉山顶。

甲辰三月十日朱总招饮于鼓楼区万家欢大酒店陶醉厅，此即五年前宁社第一次开社会议之地，心有戚戚焉

五年浪迹若浮槎，故地重来此一嗟。
山水屐痕遍苏皖，清新文字染烟霞。
事关国是且钳口，份属群氓只吃瓜。
勉力耕耘余不问，前尘最合漫烹茶。

9 月 15 日偕金陵诸贤作客于钟振振教授仙林别墅

金风袅袅舒双目，秋日江南天地宽。
雅室今能容雅客，清茶尤可佐清欢。
灯明街巷怜归路，绿暗林扉起嫩寒。
诗酒华筵最堪忆，倾听每忘劝加餐。

与那清阿罡相识十年而多有交结乍闻噩耗诗一首以示哀思

蜗居失主日西移，正是秋风摇落时。
颜巷鹄形茕影吊，将门鲠骨故人知。
山中拟待隆新土，白下堪悲少宿耆。
十载尘烟频入梦，疏星寂寂夜参差。

玄武湖免费开放首日游人超 12 万

莫笑游人爆满湖，应知百姓正欢呼。
爽风一纸惠民令，彰显金陵新画图。

观摩市英语好课评比大赛

究竟高人不一般，擂台且作舞台观。
倾情赏罢好身手，更信世间无事难。

己亥重阳登南京清凉山

簇簇黄花香到门，丛林梵呗又重温。
清凉山上登高客，静履秋声认旧痕。

王安石故居半山园

宦海风云已作尘，金陵有幸托残身。
毗邻钟阜半山外，谁忆当年追梦人。

莫愁湖胜棋楼

金陵谁说似蟠龙，创业从来博弈功。
卢女湖中生万感，胜棋楼外夕阳红。

夜过夫子庙

夫子庙前流水客，秦淮河畔一双人。
桨声灯影浑如梦，此际已难辨假真。

乌龙潭公园

玉带一弯凝目光，深藏闹市自幽长。
怕人不得其中味，拼点《红楼》作衬装。

随园怀袁枚

不做公卿缘懒散，难成仙佛为文诗。
三千素女今安在，六代遗风任绮思。

南京大学

夜方合幕彩灯开，初拜金陵学府来。
或许真能染文气，熏成倚马谢娘才。

梅花山

层叠横斜树树开，暗香疏影赚人来。
孙陵岗上倾城色，花雨天风巧剪裁。

胭脂井

隋帜纷纷尽入陈，屈身井底望存身。
长江犹未成天堑，笑柄空留昭后人。

明孝陵怀古

辣手惩贪绝祸根，狗烹良将为儿孙。
雄才难保家天下，唯让空陵昼易昏。

过功臣墓

震主勋身早化尘，荒凉倾圮对游人。
英雄自古多弓狗，唯有青山春复春。

浡泥国王墓

置身异域仰天颜，赢得金陵一片山。
非是忍心抛故国，钟情华夏懒回还。

重至金陵下关码头遥思昔日于此上师范事

挹江门外久相违，悄立船头看落晖。
廿五年前挥别处，涛声依旧故人非。

南京静海寺

卢龙静海诉沧桑，屈辱辉煌共一堂。
江景山光呈秀色，难纾心底那层伤。

注:《南京条约》议约地静海寺乃明成祖为褒奖郑和功德而敕建。寺北狮子山古称卢龙山。

幕府山观音景区牡丹园赏牡丹

红黄白紫写天香，错把石城当洛阳。
春日满园真国色，风华匀不到群芳。

莫愁湖赏海棠

都市天然大盆景，明湖点滴自千秋。
海棠花影衬游兴，笑脸张张不带愁。

游音乐台

紫藤廊架画圆环，时见喷泉坪草间。
佳构眼前呈幻境，心同群鸽共悠闲。

元夕次日由赤石矶登金陵城墙

远去江声桑海换，空余垣堞矗依稀。
金陵晴霁好春日，踏雪来登赤石矶。

12 月 26 日于憨豆兄雍园茶寮品茶

冬晖流雅室，坐久日迟迟。香茗酬知己，闲诗入话题。
烦襟差可散，梅约已能期。旧雨诚相对，流光定格时。

注：新年元旦南京诗友曾有腊梅诗会之约。

参加外秦淮河推广大使招募有作

河畔人潮涌，波清鼓乐齐。秦淮分内外，美誉有高低。
映影危垣动，堆烟弱柳迷。回头望昔日，已是若云泥。

朝天宫兰苑亲历诗意名城微型诗歌大赛颁奖典礼

和风拂石城，盛事共春生。昆曲初知味，文人幸识荆。
心中多雅意，诗外尽浮名。今夕情难抑，不虚兰苑行。

江左诗社两周年庆适逢莫愁湖海棠花会

昨宵新著雨，今日湿流光。为践清觞约，来看春海棠。
胭脂傅腻粉，翠袖着红妆。又见莫愁女，琼栏深院香。

鸡鸣寺

疏影台城柳，闲云古塔身。风来传梵唱，烟起漫香尘。
烟雨频侵梦，琉璃空照人。万千名利客，谁可破痴嗔。

莫愁湖

横塘呈故迹，犹自沐江风。伞盖青湖面，芳姿秀水中。
河山烟雨事，霸业局棋功。粉黛随波去，东流今古同。

南京长江大桥

岁月浣烟尘，难描磅礴身。抽薪反目日，背信食言邻。
天堑长龙起，神州一梦真。不堪回首望，心意许重陈。

燕子矶

岁岁凌空势，秋深万木凋。风高澄碧宇，舟疾起江涛。
绝壁四言在，前尘一梦遥。谁怜客衣薄，归路漫相邀。

注：矶壁有“燕矶夕照”四字石刻。

栖霞山赏秋

金风寒翠袖，五彩染层峦。烟锁南朝寺，人迷枫叶丹。
一山秋放色，千树客寻欢。簇簇彤云处，当时合倚栏。

秋游清凉山

城西呈胜迹，似虎踞清幽。驻马坡前客，南唐井外秋。
依山千竹秀，向海一江流。最是流连处，风中扫叶楼。

城南老门东即兴

城南湮旧事，初到老门东。店肆琳琅外，城垣雄峙中。
光撕春夜幕，灯赚客人瞳。暖意依稀起，徐徐杨柳风。

游南京小桃园，万株桃花皆尚未开

苏峻湖边树，挹江门外春。危垣接山体，静水映闲身。
园内侵眸绿，枝头破萼新。百花未成海，可惜赏花人。

注：苏峻湖原名白石陂，西晋陶侃在此攻杀叛臣苏峻，故称。

谒钟山抗日航空烈士公墓

清明拜旧坟，辗转日将曛。南卧先行者，北眠飞虎军。
高碑铭事迹，青史记功勋。拂去烟尘看，芳馨动白云。

己亥重阳登石头城

丛菊艳重九，金陵生薄寒。登高凭要塞，临水辨奇观。
鬼脸西风劲，城头暑气残。一山如踞虎，尤合共凭栏。

注：石头城也称鬼脸城。

金陵八卦洲头春眺

天地两萧萧，羁怀空寂寥。嫩芽青着色，春气水生潮。
江阔山形暗，云流城影遥。涨沙成野处，花木正相邀。

注：乾隆咏燕子矶诗“却喜涨沙成绿野，烟村耕凿久相安”指的即是八卦洲。

江心洲30公里负重环岛徒步有记

青渚荡微风，江城笼微雨。暂借梅子洲，嚣尘入净土。
乾坤江外合，楼村相杂处。洲貌伴行程，风光堪细数。
金陵成蜃景，烟水拉仙幕。振衣知力艰，步履安若素。
不问征途远，人生如斯路。汗水化欢欣，挑战休辜负。

注：江心洲状若青梅，俗称梅子洲。

谒邓廷桢墓（2019）

己亥3月17日携渝州天许金陵丛生赴仙林大学城灵山寻访金陵籍民族英雄邓廷桢墓，墓为垃圾堆与工地所困，及至，则见凄清荒凉，归咏。

荆榛侵谒道，沟壑析荒田。尘履畦垄上，素心山麓前。
过桥千树暗，拾步一丘圆。叶乱围孤冢，苔深绿四边。
英雄生故里，碑碣识前贤。抗敌禁烟外，为官除弊先。
泽遍山川厚，民沾恩惠深。神州多辗转，社稷转浮沉。
与林同进退，万里尽余晖。世乱终难弃，心贞不可违。
白头共休戚，青史有是非。宠辱公能忘，况味后人尝。
公忠长体国，尽瘁自留芳。家山归葬日，乡人倍荣光。
时移非久远，墓地转凄凉。肃立长寂寂，吾侪诚愧对。
灵山绿依稀，春风应有意。时令近清明，思之欲掩涕。
毗邻陌上花，初放堪相慰。

春游中山植物园遇雨归得二十句

低空浮翠连芳径，风缓光微花弄影。
异草奇花眩眼眸，明呼暗赞语相应。
破空密树鸟千声，润目钟山碧万顷。
水色山光沐尘心，春花人面相交映。
霏霏细雨欲倾城，熠熠波光生碎镜。
云黯林阴送薄凉，珠圆花湿摇不定。
笼烟湖面显濛濛，戏雨游人远悻悻。
携手流连尘虑抛，恍然天色行将暝。
迷离烟雨对斜阳，应谢桃源舒心境。
休怜花事任飘零，红雨随风翻作景。

梅山铁矿井下 420 米采风 21 韵走笔

蓝天白云趁行色，金风送爽向梅山。
集中示范释疑惑，心中有谱不胆寒。
胶鞋矿衣安全帽，装备在身自周全。
罐笼载人自升降，手机暗里计时间。
阵阵耳鸣寻常事，倏尔灯光透眼前。
黑暗光明一错落，已至纵横巷道边。
矿灯引上小火车，车向矿坑深处延。
隧道幽深自有序，昏灯黯淡正悠闲。
次第跟随缓行进，水光矿石呈静喧。
管线簇簇随壁走，依稀感知创业艰。
全程倾听眼不眨，百吨矿石能自卸。
隆隆矿车骑轨来，驻车浇水无闲暇。
下泄破碎兼筛选，静观全程自动化。
两边行人频留影，卸矿站前同惊讶。
观者心中生肃然，大地深处演奇观。
半日体验金不换，矿坑亲历味道鲜。
地下阅历难再有，梅山异日待搬迁。
近城铁矿难坚守，惜乎十佳美名传。
寄语未来新面貌，拭目文化产业园。
昔能上天今入地，秋声美梦供醉眠。
逢人开口频说笑，已达人生最低端。

忆江南·金陵怀古

金陵忆，最忆六朝人。霸业江山翻作梦，英雄儿女早成尘。不变石城春。

忆江南·玄武湖

金陵美，山水共城林。钟阜晴云生倒影，北湖烟柳浣尘心。春景值追寻。

忆江南·贺魏总玄武湖饭店成诗社基地

后湖美，基地梦成真。背倚高垣临碧水，楼迎雅客对游人。又是一年春。

忆江南·莫愁湖

金陵美，第一莫愁湖。菡萏香飘卢女院，海棠名动帝王都。闹市一蓬壶。

忆江南·胜棋楼

金陵美，烟雨胜棋楼。山水相依留胜迹，君臣对弈显奇谋。王气已东流。

忆江南·侵华日军南京大屠杀遇难同胞纪念馆

金陵恨，郁郁满乾坤。华夏空中生罪恶，江东门外聚冤魂。无语忍重温。

忆江南·奥体中心

金陵好，新秀数河西。场馆恢弘青宇阔，高楼栉比白云低。荒地换英姿。

清平乐·五马渡怀古

雕工精绝，幕府山前阅。马跃龙飞青眼豁。相系南朝传说。
金陵自古钟灵，六朝最是含英。随处寻常风物，也能身许心倾。

浣溪沙·夜泊秦淮

一片清波一片愁，愁随岸柳不东流。木兰舟上望朱楼。
楫动频摇秦代月，枝垂难载六朝秋。千年风月白人头。

浣溪沙·酬吴政委虎年宁邦大酒店招饮

践约如期值岁寒，金陵城北佐清欢。忘年相惜一望间。
此即诗心犹勃发，当时豪气尚依然，泼茶引酒记流年。

西江月·栖霞赏枫

石径翻飞红叶，金风遍染枫林。寒霜渐厚已秋深。一幅天然作品。
江景山光融画，石城诗意重寻。红尘暂忘漫登临。尤喜斜阳碎锦。

西江月·春游梅花山忆去年受邀参加梅花节开幕式事

隐约暗香沁鼻，迷离雪海侵瞳。落英犹自舞从容，今日缤纷若梦。
花事千番眼底，去年一诺风中。依然阴翳掩春空，蓦地无端生痛。

人月圆·金陵怀古

人言还是江南好，最美是金陵。诗仙歌咏，莫愁解语，桃叶多情。
此时暂忘，兴亡遗恨，案牍劳形。台城烟雨，秦淮桨影，替了营营。

临江仙·瞻园

园是曾经王府，城为旧日京城。高墙深院几人行。雨珠檐外落，绿意满庭生。

朝代三更三替，层楼几废几兴。繁华忍忆不堪听。秦淮承兴废，千载水盈盈。

南乡子·五马渡怀古

丽地映苍冥，江水无声说晋廷。危急复安相苟且，兢兢，南渡衣冠半壁情。

山水浣曾经，幕府登高自擅名。五马渡前开国处，天青，水色山光入画屏。

鹧鸪天·与于文政伉俪彭治宇月明诸贤聚于夫子庙奇芳阁

际遇多存一念间，几多分合属尘缘。缘牵旧雨兼新雨，聚系偶然或必然。

倾绿蚁，叙流年，奇芳阁里自拳拳。匆匆憾别临歧路，况在秦淮不夜天。

行香子·癸卯四月十五日金陵老门东寻魏随园宴邓州仲公兄一行

春色城边，落日楼前。喜相逢、旧雨依然。江南契阔，与月同圆。对眼中人，杯中酒，席中欢。

穰城一别，金陵一聚，值今宵、赓续前缘。红尘白发，嗟逝流年。奈秦淮夜，灯火暗，渐阑珊。

注：穰称，邓州古称。

水龙吟·深圳龙佩等诸诗友来宁

夕阳初下金陵,秋风正待鹏城侣。城中一角,翠亨有幸,得观相聚。故友新朋,评箫说剑,倾情吴楚。纵闲愁懒绪,羁心束意,怎禁得、杯频举。

须信从今而后,料难忘、临岐心语。离歌响起,萍踪何至,重欢何处。不见当年,六朝风月,秦淮歌舞。任阑珊笔意,片笺有托,送君南去。

水调歌头·夜游秦淮

灯火缓秋意,画舫动微澜。秦淮河畔、悠悠丝乐伴欢颜。水上长龙横跨,眼底高楼栉比,无语自悠然。灯影桨声里,夜色渐阑珊。

波声碎,金风起,忆当年。春花秋月,六朝金粉化云烟。人世沧桑可识,纵览金陵今昔,杂味汇心田。今夜应无寐,料与梦相关。

湘月·南京豁蒙楼 步龚定庵韵

登楼送目,尽拖蓝挹翠,迢迢明丽。曾是情怀萦绕处,弥漫江天城际。戊戌悲歌,苍冥凝泪,饱蘸师生意。秋风吹绪,只凭危槛无计。

已觉触面清寒,钟山龙堕,埭口鸡声起。回首陈年君子事,且让金陵长寄。风雨纵横,江山重复,郁郁愁滋味。百年飞逝,怎禁天碧如水。

注：豁蒙楼是两江总督张之洞为纪念门生戊戌六君子之一的杨锐而修建。

李商隐诗：玄武湖中玉漏催,鸡鸣埭口绣襦回。

貂裘换酒·门西采风

【金陵城南，古迹盈眸，中华门界之为门东与门西，门东已重装升级，门西尚多一如从前。壬寅秋分后二日，五社联盟之江左诗社组织邀约门西采风，有寄】

五社门西聚。对金陵、南都秋日，豁眸行处。虽是门东流辉彩，古韵这边尤著。更休说、遗痕棋布。金粟庵中龙破壁，凤台前、二水流千古。天地外，畅思绪。

酣游半日难停步。向从来，痴山恋水，惹人争慕。百雉崇墉难遮蔽，况有文华襄助。更多结、江南诗侣。萍水相知豪情在，趁金风、迢递过吴楚。凝一语，感相遇。

凤凰台上忆吹箫·金陵瓦官寺怀古

春色于心，秋声在耳，秦淮绕郭长流。正检勘陈迹，畅豁吟眸。重睹瓦官殊胜，怀顾笔、金粟银钩。沉思处，江山不改，往事空留。

悠悠。崇墉茂苑，虽晋冢吴宫，总惹闲愁。念高岗幽境，一梦难收。惜那六朝烟水，曾几度、劫火年头。钟梵起，无边胜慨，洒向清秋。

注：瓦官寺位于城南花露岗，晋顾恺之曾画龙点睛之金粟庵，为瓦官寺下院。

附录1：秦淮区风景小辑

秦淮灯会

人海熙熙接灯海，月光寂寂照波光。
往来画舸成风景，看到金陵夜未央。

天下文枢牌坊

朱门前后三宫殿，华阁东西两市场。
贴水金龙思破壁，千年月照一牌坊。

愚园思亲（胡家花园）

错落亭台微起伏，春风梳柳荡湖心。
愚园重见青天日，争忆胡家狮子林。

钓台榴阁（孙权钓鱼台）

环榴台作钓鱼台，人面榴花相映开。
仲夏良多游赏客，与谁同为缅怀来。

乌衣夕照（乌衣巷）

江南王气百年休。日落金陵春水柔。
高屐乌衣今在否？空余一巷解风流。

运渎遗脉（运渎）

运粮河道布遗痕，相接舳舻犹可温。
转瞬繁华成一叹，六朝故事不堪论。

瓦官春秋（瓦官寺）

梵音起处六朝留。花露岗前长豁眸。
殊胜相招春日里，重温顾笔洒银钩。

瞻园觅幽（瞻园）

草木春风感废兴，曾经王府少人行。
高庭深院不堪忆，霜鬓临波每自惊。

文德分月（文德桥）

凭栏静伫小桥东，对影临淮一望中。
分月瞬间期永驻，蟾光水色两相融。

芥子精微（芥子园）

门东胜迹满街衢，深巷重来忆李渔。
始信壶中有天地，精微小处起唏嘘。

贡院碑刻（贡院）

生员大比三年试，号舍宏开两万厢。
科举千年停废后，遗碑尚可细端详。

花鸟湿地（夫子庙花鸟市场）

脆语笼禽披靓装，扶疏花木泛春光。
七桥瓮外新天地，不是原来旧卖场。

李香君故居（媚香楼）

千年流淌碧依然，灯照王旗几变迁。
一水秦淮多少梦，浮沉总是系婵娟。

窨子山（窨山寻踪）

拾步城南窨子山，花飞满地合春阑。
清幽顶上浓阴处，除却葳蕤不足看。

东水关遗址

秦淮十里此为头，旧貌新颜同倚秋。
此处最堪承众望，青罗一带抱城流。

赏心鹭立（赏心亭）

水关尽处一登临，暂避尘氛且赏心。
十里秦淮多艳迹，六朝风雨有蛩音。

长干烟柳（长干里）

佛陀里正备晨炊，杨柳堆烟拂水湄。
竹马青梅劳想象，金陵此地最宜诗。

越城寻踪（越城遗址）

春秋故地古风生，相访金陵第一城。
弄棹秦淮碧波上，长干淑气正纵横。

聚宝雄峙（中华门）

秦淮内外贯西东，三道瓮城呈异同。
更有长干千载韵，韵濡此地六朝风。

报恩霓虹（大报恩寺塔）

携手同登宝塔身，华灯闪烁炫游人。
报恩故事听多少，此处终难辨假真。

凤凰台忆（凤凰台遗址）

江水前移鹭岛分，凤游寺外觅遗尘。
台空迹杳堪相忆，半是怡神半怆神。

晨光问兵（晨光厂）

曾经禁地换新装，时尚沧桑共一场。
华夏百年强国梦，此时谁忆李中堂。

注：晨光厂前身为李鸿章在南京开办的金陵制造局，现改造为1865街区。

午门晨曦（午朝门）

辇路长牵九曲水，御河再架五龙桥。
崇垣巨礎晨光里，别样沧桑慰寂寥。

朝天宫阙（朝天宫）

冶城西峙压天光，宫观今成道德场。
万仞高墙呈一色，能从气势想辉煌。

白鹭芳洲（白鹭洲）

亭台曲径织洲貌，画舫垂杨带晚风。
昔日王侯园囿里，风华处处可寻踪。

月牙春晓（月牙湖）

春临城阙自清嘉，曲水澄明似月牙。
钟阜崇墉遥对望，山光湖色不须夸。

桃渡临流（桃叶渡）

空庭遍染绿苔痕，又到风流王谢门。
渡口萧然人怅惘，芳春丝雨最销魂。

甘熙宅第（甘熙故居）

胡同深处是重门，津逮楼前读旧痕。
满目萧然空壁外，城南故事待重温。

门东陌巷（老门东）

城垣雄峙碧波外，店铺琳琅幽巷中。
接踵摩肩成胜景，灯光撕夜赚青瞳。

泮池雪霁（夫子庙）

金陵文庙独传奇，截取秦淮作泮池。
雪后放晴人最爱，画船过处起涟漪。

附录 2：咏宁社专题小辑

宁社口号

金陵清雅，期待耽诗客；
小社孤标，感招同道人。

宁社一周年

柳吐鹅黄两岸新，鸭浮绿水正粼粼。
晴光暖草行看长，淑气催莺始啭频。
天挟雾霾重易岁，世违愿景又经春。
年来每觉足难禁，自愧囚心不及人。

宁社二周年

已上征程难卸鞍。家山锦绣许同看。
诗情熏染初成社，义气温濡合抱团。
检点千般满园绿，相交一念寸心丹。
浮华未减远方梦，不负流年天地宽。

宁社三周年

三载交亲共远方，风华未减味悠长。
社旗频指向苏皖，友谊相招共暖凉。
人在同城为幸事，诗承众望秉心香。
苦甘点滴堪回首，碌碌生涯缀亮光。

宁社四周年

倾心诗与远方，立足金陵，独擎一帜；
瞩目人和作品，萦怀尘事，难忘四年。

宁社五周年

立足金陵乐小群，方山草绿五回春。
孤标多是耽诗客，磊落喜为同道人。
浸染烟霞文字老，浪游苏皖屐痕新。
稻粱谋外寻真趣，且幸红尘自在身。

注：方山是开社典礼之地。

貂裘换酒·己亥新春贺宁社成立

终有清心处。想当年、青梅煮酒，已然离去。炽热豪情今何在，聊共谈资碎语。空凭吊、一番凄楚。雪里红梅春信近，料离离、芳草掀春趣。些许事，懒回顾。

江湖依旧难辜负。待从头、行吟唱和，寄情鸥鹭。不悔才疏人浅陋，名利终为尘土。更难改、初心如故。今日畅怀期共饮，且相约、携手开新路。心向往，何辞苦。

·镇江·

北固山试剑石

相争龙虎秉私怀，试剑心机未可猜。
北固山前家国事，润州城下霸王才。
江风顺起息烽火，汉鼎难安结祸胎。
辗转此间胜意处，水分吴楚豁眸来。

夜游西津渡

遥遥暮色隐瓜洲，眼底灯光次第稠。
绝壁断矶雄势在，石街窄弄古风留。
愁消南岸春江外，人立西津夜渡头。
侧耳听涛星月下，心潮起落正悠悠。

4 月 18 日参加南京电视台宝华山泡山节有寄

迷蒙轻雾石城东，人在江南万绿中。
放眼春山浑欲滴，置身花海两相融。
竹修尽掩宝华貌，林茂频生松嶂风。
如我寻源淮水客，纵情浸泡意无穷。

徒步登茅山

老君像对大茅峰，一线顶宫牵印宫。
三炷香前可议价，几番游后再书空。
蜚声自有钱财聚，逐利原来佛道同。
禹甸渐无清净地，名山铜臭正成风。

丁酉重阳登句容赤山

一释秋怀任出逃，欺心重九付登高。
盈盈碧水花璀璨，兀兀丹山树寂寥。
稻谷金黄生画板，平畴青褐杂蓬蒿。
西天霞霭催归路，霜菊簪冠待浊醪。

己亥重阳句容赤山登高步郑海藏韵

手搭凉棚作望亭，湖天相接入眸青。
振衣半道赖秋色，策杖当途杂草腥。
赤岭重来双九日，黄花乱放一山星。
茱萸应节愧稀发，且自登高向杳冥。

感春赤山湖

山犹绛色水犹明，柳吐鹅黄草返青。
湖面粼粼多逐鸟，流云漠漠懒成形。
长寒乍暖容衣薄，久雨新晴随处馨。
深陷无边光景里，融融春意迫苍冥。

宁社丹阳齐梁故里采风

晴晖近腊许端详，草木萧萧落叶黄。
万善塔高摇日影，运河水碧洗沧桑。
园罗碑刻风云远，庙立嘉贤岁月长。
烟雨南朝难尽说，悠悠一半出丹阳。

注：宋哲宗追封季札为嘉贤大帝。季子庙也称嘉贤庙。

过镇江昭明太子读书台

南山招隐自清奇，幽径书台惹客思。
好景向归帝家有，后人只合仰风姿。

谒镇江京岘山宗泽墓

自请孤身守帝都，尽忠为国尚三呼。
英灵自有青山护，况复润州如画图。

登北固山多景楼

扬帆舟影入晴窗，北固楼名满大邦。
不让尘心枨触久，凭栏独自瞰春江。

游句容葛仙湖

夏阴舒爽趁凉天，齐向华阳访葛仙。
古观山门关远客，湖光塔影两相怜。

苏家大凹新四军医疗所修械所遗址

修械医疗遗迹同，竹杉林密立奇功。
茅山深处星星火，燎遍苏南一片红。

新四军水坝

坝近陈庄任畅行。一汪碧绿细波平。
茅山烽火劳追想。共谱军民鱼水情。

句容白沙生态村

小桥流水江南景。栈道竹篱生态村。
大美句容高亮处。富农善政不需论。

白沙八烈士受刑处（戴氏祠堂）

铁丝穿骨虐英雄。热血当年别样红。
旧事忍听痕迹在，潸潸泪眼酹长空。

游金山辗转访王昌龄诗中的芙蓉楼

春日了心愿，金山作证明。不辞寻访苦，却忆玉壶清。
曲道锁人迹，空楼生怆情。斜阳满目处，犹自水盈盈。

过季子庙

让国何其少，血洇传玺多。沸泉怀退意，挂剑演长歌。
风雨嘉贤庙，烟尘岁月河。延陵思季子，心底起微波。

注：春秋吴国季札，吴王寿梦少子，不受君位，封于延陵（今常州）。宋哲宗敕赐为嘉贤大帝。

乙未人日登句容赤山

江南年味厚，山旷游人寡。碧水汇平湖，丹山耸沃野。
登高青眼开，旅途值车马。望里乾坤连，无边草木讶。
惯看水纵横，翻疑天高下。风光自天然，块垒堪暂卸。
僻邑远尘嚣，此身近清雅。注目溯金陵，秦淮流日夜。
身在闹市居，心随句曲泻。俯仰适意中，游心最无价。

忆江南·浮山芝樱

天王镇，今日再扬名。惊艳一山红地毯，倾心满眼粉精灵。画里醉芝樱。

浣溪沙・句容苏无吟兄于茅宝葛园宴饮宁社岁杪采风一行

辗转驱驰拟破闲，葛园一晤尽余欢。且凭诗酒记流年。
四面风光来眼底，三年识念隐眉间。从来相惜不须言。

定风波・再游圌山

古塔悠悠饶梦魂，离离新绿洗心尘。野外梅红尤乐见，成片。思来最爱这般春。

山水润州终不负，留住。重来还是旧年身。隐隐江声鸣阵阵，陪衬。此情不向俗人陈。

清平乐・徒步赤山湖

烟波浩渺，不是江河貌。山水相依何皎皎，况有秦淮相绕。
相招又踏征程，秋光更挟秋声。践约环湖劲走，天澄且共心澄。

清平乐・扬中岛国土公园里看泰州长江大桥

春花枯萎，萧瑟秋风里。起伏草坪犹滴翠，古塔碑亭相倚。
江声入耳如初，江船来去自如。最爱一桥飞架，泰州直达南徐。

清平乐・陈履生博物馆群

辉煌两汉，不厌来回看。竹器琳琅千百面，书画尤其养眼。
馆藏演绎人生，精华藏品纷呈。皆是流连难舍，斜阳败与星灯。

清平乐·河豚岛采风

残荷败苇，摇落长江水。巡迹纵横情所系，陶醉金秋风里。
河豚塔显妖娆，扬中塔似蛮腰。尤趁滨江胜景，平添江岛风骚。

赤山湖歌

丹山突兀耸西隅，碧水清心润如酥。
四面溪流来汇聚，周遭田地久不芜。
秦淮堤外旖旎去，水天浮云共卷舒。
丹田花海徜徉客，断桥夕照水墨图。
经年屡来自有意，回回能味景态殊。
牛鹭相嬉宜自得，山花烂漫随意铺。
绿道蜿蜒迎旅足，清波潋滟跃游鱼。
但看行者应如我，一半勾留为此湖。
为贪美景爱此地，难得佳山与佳水。
游人俯仰皆适意，呼朋引伴情未已。
殊不知，千鸟翔集视野里，一年面目诚相异。
赤山湖外漠漠田，化作公园平地起。
景观打造大手笔，烧钱模式向难止。
煌煌湿地一朝成，最是良田能舍弃。
君不见，上下同心一股绳，全力打造新农村。
处处良田种花草，从此难见种粮身。
种粮身，只仅存，蹒跚妪叟踞农门。
漫言农村空心化，梁园虽好难留人。
曾闻见说农民苦，不见难信此话真。

·扬州·

扬州平山堂

今见淮东第一观，江南初绿尚春寒。
含烟弱水拖丝柳，喷翠远山齐玉栏。
花事满堂千古韵，文章千古满堂欢。
醉翁行处存清响，临去依依回首看。

谒梅花岭史可法墓

剩水残山末世忧，谁撑半壁作雄猷。
氤氲梅岭招车马，浩荡精魂贯斗牛。
社稷易隳赖群小，孤忠勃发动仇雠。
是非已与风消散，节义馨香共一丘。

过隋炀帝陵

碧波三月暖邗沟，不赏烟花来吊游。
香烬碑前痕迹重，草肥陵上早春柔。
建功戒急犹宜忍，治国烹鲜难弃谋。
毁誉于今谁尽说，雷塘半亩应埋忧。

4 月 13 日瓜洲古渡归有作

维扬京口一桥牵，桥接瓜洲落照前。
古渡荒亭隐春树，残碑乱草对江天。
诗墙水畔更无语，胜景梦中曾结缘。
忽忆客身痴立处，万千舟楫是当年。

个园

幽篁簇簇莽难知，半日维扬难自持。
宜雨轩前人隐隐，抱山楼外绿离离。
漫思淮左越千载，小憩长廊览四时。
十里春风沉醉处，江南倦客未全痴。

甲午中秋有寄平山清韵 4 周年

韵涌维扬暗碧纱，平山内外起烟霞。
爱诗成痞凭心志，联句抒怀好酒家。
秋意浓时感遇合，绿杨深处忆豪奢。
新知旧雨知多少，且待登高赏菊花。

为扬州春水如蓝兄寿

千里朐劳秋复春，半为生计半求真。
新天华北汗成雨，故友江南酒浣尘。
嵩寿百龄方半度，世间五福已齐臻。
称觞今日客争羡，寄语维扬追梦人。

琼花

当年勋业荡平陈，几亩雷塘且置身。
特使此花长作警，年年寄语后来人。

何园

依水楼台连院落，绕池湖石自嶙峋。
春盈寄啸难携带，且去心中一点尘。

瘦西湖

春到芜城先绿柳，桃来眼底正红枝。
瘦西湖水真无赖，倩影撩人竟忘时。

片石山房

波光岚影胜林泉，叠石幽深势峭然。
虚实相生迷远客，此间只合住神仙。

盂城驿

身牵南北接京杭，静看兴亡流韵长。
千载凝成邮驿史，盂城今日得重光。

文游台

胜事千年犹可追，盂城已是久相违。
四贤祠外忆淮海，隔代同台沐落晖。

注：文游台是秦邮八景之一，因苏轼过高邮与乡贤秦观、孙觉、王巩会集之地。

高邮湖芦苇荡湿地公园

界首风流此一隅，柔波绿苇漾晴湖。
置身浩森融辽阔，坐听人论甓社珠。

注：传孙觉在甓社湖（高邮湖三十六湖的第一大湖）边夜坐，忽窗明如昼，循湖求之，见一大珠，其光烛天。当年孙觉登第。

邵伯湖远眺

游心最爱是春光，邵伯空蒙碧水长。
一叶扁舟偏触我，万千尘事懒思量。

临泽子婴河（古邗沟）

玉带东西缓缓流，运河相接畅行舟。
棹歌水面随波起，直到瓜洲古渡头。

咏扬州仙鹤寺

长怀普哈丁，深巷访遗灵。寺外南门静，眼前庭竹青。
和谐百字赞，悦耳古兰经。细雨迷蒙处，依稀起素馨。

注：寺中横匾刻有100个圆圈，内有描金阿拉伯文，即“百字赞”。

游扬州旌忠寺

肇基文选楼，古刹越千秋。心念仁丰里，身如不系舟。
街毗隔喧闹，地狭得清幽。今作汶河客，依依一畅游。

咏阮元家庙

耳际客惊嗟，曾经太傅家。名儒风度在，惠泽后人夸。
臣子三朝重，文宗一代奢。先贤祠庙外，细雨薄如纱。

临泽古镇元宵夜

古来商旅镇，泽国好风光。一派繁华地，千年鱼米乡。
鱼龙频起舞，星月正登场。灯火三街夜，斯人坐夜凉。

自扬州回宁途经瓜洲渡而入满目疮痍比第一次来更甚

高塔对诗墙，古风逾汉唐。木枯呈寂寞，亭破识沧桑。
落雪瓜洲白，涛声江水长。荒阶渡碑在，差可忆辉煌。

扬州归途遇雪

浓阴连日累，向暮朔云升。邗上瓜洲渡，途中雪夜灯。
车流比龟速，毂辙指金陵。一路白蝴蝶，相怜漫扑腾。

感扬州辛丑毛老太事

连宵逢滐雨，着意落维扬。烦暑渐消散，忧心犹未央。
共情人正受，异地味同尝。清朗何时现，金秋待举觞。

清平乐·仪征行

枣林湾美，芍药新园里。扬子江边风旖旎，登月湖清堪慰。
相偕自驾巡游，单车再次真州。截取些些回忆，人生长重清幽。

鹧鸪天·元月二日过雷塘隋炀帝陵

满目萧萧野草黄，空陵寂寂对斜阳。迷楼裹缎知何处，枯水寒山各一方。

空霸业，得雷塘，运河犹自接京杭。芜城今日堪回望，城郭依然多绿杨。

唐多令·运河怀古

春到运河边，游人杨柳前。向东风、轻絮悠闲。漫舞随波偏惹恨，流不尽，尚绵绵。

旧事渺云烟，谁将大业怜。谢斯人、南北相连。忘却龙舟兼水殿，赖所赐，惠千年。

望海潮·扬州平山诗社十周年

吟心高炽，吟旌飘荡，维扬吟社初开。开启一朝，经营十载，个中甘苦相偕。念岁聚情怀。有琴筝酬和，说唱登台。记忆深深，文昌阁下那条街。

惜它人事堪哀。叹暌违旧雨，痛失诗才。残腊送寒，昏灯筑梦，江湖热泪齐揩。契阔苦形骸。一许平生诺，心底深埋。拟把风流再续，大任待吾侪。

·常州·

东坡公园（舣舟亭）

浩浩运河流日月，延陵绿浪涌千年。
快风活水于斯盛，青渚白云犹共妍。
广济桥头踏遗迹，文华坝上仰高贤。
独怜洗砚池边景，丛翠氤氲已占先。

注：舣舟亭建于大运河半岛的文华坝上。

访黄仲则故居两当轩，适逢大门紧闭抱憾而归

盛名盛世难相衬，怀抱摩天总不酬。
落寞经年剩椽笔，伶仃瘦影积离忧。
诗心无际翻穷蹙，仕宦有涯期壮游。
寂寂门庭相望冷，延陵何处觅风流。

常州篦箕巷（毗陵驿）怀古

蓖梁灯火久闻名，近水阁前流水清。
急马曾经嘶古驿，拱桥数次竖銮旍。
碑中题墨留人久，云下城垣入眼明。
纵眺西城逢晚照，高楼四合不胜情。

访常州青果巷名人故居群，皆闭门谢客有感

辗转相寻探未知，闭门羹已不稀奇。
院墙斑驳无人迹，庭草荒芜杂乱枝。
绝代风情青果巷，沧桑记忆大宗师。
新楼日见新高度，文化名城作虎皮。

春游淹城，见遗址游人寥寥乐园摩肩接踵有思

昨宵梦里放轻舟，今日淹城正豁眸。
故址清幽难招客，乐园鼎沸喜同游。
一般冷热非常态，百感悲欢是近忧。
无尽风光看不厌，归来却怕说春秋。

瞿秋白故居

高位诚心勇纠错，文坛巨擘晋陵瞿。
捐身信仰忘荣辱，已是巍然大丈夫。

注：晋陵，常州古称。

洪亮吉故居

寻常陋巷立晨昏，稀见游人觅旧痕。
一脉文坛佳话外，北江字句尚余温。

注：洪亮吉号北江。有《北江诗话》存世。

曹山游

牛马塘前山水绿，彩虹路外草花香。
一弯铁轨息游足，不舍春光在溧阳。

清平乐·溧阳一号公路

新知旧雨，相伴春深处。三色彩虹牵陌路，休管人人羡妒。
天目湖泛微澜，神女湖映青山。最爱此间通道，风华艳冠人寰。

清平乐·武进滆湖（西太湖）

长虹飞跨，浩淼生清画。揽月湾前亲水者，面具尘心暂卸。
风来顿起涟漪，一泓清澈心脾。人在太湖西侧，依然水与天齐。

定风波·常州刘源春兄设宴并陪游舣舟亭

斑驳门墙岁月功，苔侵绿掩对苍穹。徒使孤亭迎暮色，伤客。寂园烟锁雾蒙蒙。

耳畔熙熙车马闹，萦绕。都随风入此门中。遗韵不知何处在？无奈。兰陵细雨漫春空。

定风波·访常州舣舟亭不入

一路心倾话短长，舣舟亭外正衣装。渐近渐临非所望，惆怅。败枝衰草满门墙。

绮愿欢欣都逝水，垂泪。者般情状倍牵肠。寂寞空园关远客，沉默。文豪故地恁凄凉。

·无锡·

谒宜兴卢忠肃公（卢象升）祠

应愧强撑支厦木，剧怜纲纪已陵夷。
载途民怨赖狐鼠，压境兵锋携虎罴。
蝼蚁溃堤凭一穴，纯良死国拒三思。
上苍不佑天雄帅，阳羡终留忠肃祠。

注：五省总督卢象升组建的天雄军，是明末最强的三支军队之一，另是孙承宗袁崇焕的关宁铁骑和孙传庭的秦军。

无锡维扬金陵三地诗友五一同游太湖龙头渚，分韵得“头”韵

梁溪相约几经秋，震泽烟波招共游。
尽洗风尘亏雨脚，同开心曲识龙头。
青蚨味重渚难载，绿蚁杯深意不休。
此境从今应易得，江南处处是缘由。

惠山古镇

起伏葱茏为锡惠，往来次第是祠堂。
徜徉古镇真山水，休管他乡造假忙。

寄畅园

投老秦园藏茂林，叠山理水漫侵心。
人行曲径闻清响，寄畅流泉享“八音”。

东林书院

春来圣地仰高岑，国事家情齐入心。
墙上英灵值同悼，名垂百代有余音。

薛福成故居

经世殊勋钦使第，内涵本土杂西风。
今为薛宅门前客，中外当时大不同。

天下第二泉

惠麓钟灵滋二泉，漪澜恋月过千年。
屡来胜地长为客，澄澈清心已结缘。

游船夜行古运河

伯渎游船雨夜行，桨声千载伴灯明。
眼前画卷多诗意，水弄绵延是点睛。

宜兴陆平村潘汉年故居

秋日陆平车马喧，故居空寂悄无言。
中庭孤树难胜意，刺破苍天欲诉冤。

咏宜兴周王庙

故乡自省除三害，阳羡争传周孝侯。
弃恶建威成典范，从来浪子可回头。

宜兴龙背山

森林半日几消磨，文塔清池卧绿坡。
阳羡风光残照里，怡人惊喜不嫌多。

· 苏州 ·

苏州天平山赏枫兼怀范文正公

踏秋吊古豁双眸，树色山光值壮游。
燃火霜枫撩客意，排衙石笏拂云流。
吴门遗迹祠坊古，涧罅生泉草木柔。
烂漫天平传绝响，声声后乐与先忧。

癸卯春暮谒唐寅墓

墓草青青碑肃然，躬身三拜对先贤。
姑苏才子真不忝，华府丫鬟诚谬传。
穷蹙遭逢谁记取，文华浪掷运行偏。
风流二字酸辛泪，悲剧生涯倍可怜。

寒山寺外晚望枫桥

耳际千年萧寺钟，沉沉暮色暗长空。
诗墙绵密堪吟诵，云霭苍茫半染红。
眼望桥身思张继，心怜水面落江枫。
应知今夜能安寐，羁旅情怀已不同。

苏州盘门有感

欲向姑苏觅旧痕，高秋胜日到盘门。
千年城郭势犹在，一带清波韵尚存。
霸业枯荣如草莽，白云舒卷自晨昏。
登高心绪随帆远，故国沉浮且不论。

伍相祠怀古

盘门胜景记当初，挟恨衔冤终赴吴。
旷世硕勋凭己力，惊天霸业赖相扶。
雄才自古人皆仰，忠烈从来命可虞。
越甲三千语成谶，徒留故事漫姑苏。

陪湖南熊东遨老师游张家港恬庄古镇

千年奚浦傍长街，次第拱桥虹影开。
幽巷曲廊新店铺，白墙青瓦旧亭台。
水清良可酿吴酒，镇小犹能近楚才。
一日晴光融逸客，沙洲春色竞先来。

注：张家港建市前叫沙洲县，地产黄酒沙洲优黄。

凤凰镇河阳山歌馆听河阳山歌

河阳山色近相侵，软语怡情此可寻。
但见身形飞野调，可凭文字溯吴音。
语随俚俗分长短，曲达万千涵古今。
耳际依稀起天籁，归来犹自学幽吟。

冬日游张家港香山

怡人晴日自清晖，正是沙洲岁杪时。
洒绿群峰出平壤，聆风高塔秀雄姿。
竹分西子采香径，梅破东坡洗砚池。
空阔寒垂堪极目，望江亭外影离离。

注：山有梅花堂，东坡手书。也有聆风塔、采香径和望江亭等景。

游常熟尚湖经拂水山庄（钱谦益和柳如是故居）

东望虞山犹隐隐，尚湖春日让群芳。
欣看弱柳拂烟水，忍说梨花压海棠。
荣辱难移人失意，是非不碍墨留香。
流连明发堂前久，回首满目正夕阳。

游木渎古镇访冯桂芬故居

古风文气久难分，独向深秋拜旧痕。
名重江南期致用，情牵西学变基根。
庙堂难入空忧国，权贵相依自报恩。
榜眼府中怜乱世，声声太息出庭门。

注：冯桂芬，晚清思想家，道光二十年（1840）庚子科榜眼。林则徐得意门生。承龚魏启康梁，资产阶级维新改良主义先导。善文持论，操守高洁。

庚寅岁末游江阴要塞

海头江尾系天然，水势涛声又近年。
山体空余唯旧景，暨阳难觅再硝烟。
纵观炮锈风云色，犹忆船帆战火篇。
今日潜心临故迹，感怀点点到跟前。

注：暨阳，江阴古称。

2010 年徐霞客故里行

风光今日属江阴，点滴依稀已入心。
名邑留馨邀万众，雄文惊世值千金。
景侵客眼易生感，足印神州值诵吟。
谁解归途几回望，周遭笑语不能侵。

2020 年徐霞客故里适逢徐霞客逝世 380 周年

蓬船不见再长航，胜水桥边老石坊。
今向故居寻旧迹，另从文字觅辉煌。
四方志向寸心里，万里山川健足旁。
细雨绵绵如醮酒，随风轻洒酹春乡。

游千灯拜谒顾炎武故居

古镇风和水一弯，西来群旅已开颜。
千灯长枕尚书浦，巨擘独生秦望山。
心念首阳拒周粟，情牵天下笑冯锾。
故居今日更青翠，游兴犹存草木间。

戊戌国庆长假赴姑苏访林昭墓

一线穿林豁望眸，探头尽处是坟头。
寺钟染翠百千载，毅魄流芳五十秋。
遭谮苌弘空憾恨，啼鹃望帝自悲愁。
灵岩山下低眉客，静默之余忍暂留。

沙家浜横泾古镇

芦荡风光心倍清，但存古意属横泾。
河船水巷旧传说，稍一经心便忘情。

沙家浜纪念场馆

芦荡烽烟信是真，恢弘馆内阒无人。
任凭红色招牌菜，游客依然懒问津。

锦溪古镇谒叶圣陶先生墓

保圣寺边瞻故庐，寸心仰止卷难舒。
先贤墓草怜人意，二十年来绿似初。

谒陆龟蒙墓

簪缨家世却农身，耒耜经成泽后人。
斗鸭池边怀亮节，水乡甫里又逢春。

船游锦溪五保湖

无边烟景系天成，水冢禅房犹自横。
旖旎湖光身外起，浮波芳草眼前生。

锦溪印象

水乡桥巷频侵眼，万铺千商尽枕河。
络绎游人能赏识，陈妃遗迹占分多。

首赴虎丘

塔浮苍翠立斜晖，水绕山塘绿影垂。
人近虎丘亲胜迹，依稀古意尚能追。

沧浪亭

一流萦绕阜崇青，秋气相怜久慕名。
静坐小亭舒客意，水能濯足并簪缨。

狮子林

假山深邃洞盘旋，时见流泉花木间。
身没园中难遽出，迷魂阵里叹玄关。

拙政园

秋荷碧盖尚余香，旷远楼亭接水廊。
心意三分耽秀色，七分齐去感风霜。

注：地面用青砖铺成“人”字状长廊，人行地面寓意“人上人”。路面随地势起伏不平如水波，故名“水廊”。

渔洋山

翠碧压山铺入湖，渔洋阁上眺姑苏。
鲸波万顷浑如梦，不舍情怀楚越吴。

谒范成大祠

出使金朝命不辱，耽梅溺菊隐姑苏。
躬身寿栎堂前客，辗转来寻范石湖。

光福古镇

一海梅花缘邓尉，千年汉柏起司徒。
古风光福宜多读，宝刹名人无字书。

夜宿包山禅寺

长桥卧轻浪，轻驾载高朋。雨过太湖夜，山浮萧寺灯。
无缘谙佛法，有幸近诗僧。何处晨钟起，天花坠紫藤。

太湖明月湾古村

沧波催暮色，红日落西山。嶂叠千层碧，人来第一湾。
孤舟依岸泊，素月照身闲。明灭码头外，星灯云水间。

水月禅寺

青嶂岚烟起，洞庭山路赊。驱车寻水月，共室品禅茶。
僧话诸兰若，灯传一法华。归途香溢处，晚照映枇杷。

石湖

车出包山寺。情牵范石湖。青峰近环绕，碧草半平铺。
农圃呈天镜，新荷绿画图。姑苏千载下，怀抱一珍珠。

登上方山

登顶开新境，回眸别晚春。林阴猴作友，烟重塔浮身。
御道往来客，凡尘醒悟人。湖山有佳处，澄碧远嚣尘。

穹隆山茅蓬坞孙武隐居地

远眸牵震泽，斜日洒幽篁。碑记春秋事，苑呈吴越妆。
青山滋大智，兵法涉重洋。秋叶倩谁惜，萧萧覆草堂。

同里镇船发罗星洲

弃车洲在望，隐隐水之涯。千载春波绿，一轮秋日斜。
兰桡拍细浪，渡口接平沙。暮色流连久，谁怜归路赊。

贺张家港东渡诗社结社兼寄子瑜

难忘清凉寺，金陵初识荆。羡君多艺傍，愧己一身轻。
江远水同饮，社开旗再擎。传承看吾辈，勉力向前行。

忆江南·华西村听报告

华堂内，万众阅辉煌。台上青春新面孔，纸中经验旧文章。不变掌声长。

·徐州·

云龙山招鹤亭

密林萧寺度寒钟，相与新知访旧踪。
楚汉烟云已消散，苏张异境又重逢。
曾经鹤影饶清唳，尚有亭轩傍老松。
自是风流千载外，名贤高士一云龙。

徐州黄楼

重檐高阁对苍穹，波起徐徐杨柳风。
故道长河流日夜，铁牛锈色证时空。
两年太守黎民福，一座黄楼镇水功。
遗爱甘棠陈迹在，人心感遇古今同。

咏彭城废黄河东坡遗迹百步洪

汴泗交流曾震天，惊涛怪石险相连。
长桥飞跨连青岸，铁兽纷呈忆昔贤。
任我循堤数百步，怜公化鹤一千年。
显红岛外追陈迹，小立安澜故道边。

遥贺彭城女子诗社四周年

四载风华路渐宽，彭城同气共征鞍。
当头义字乐回首，执念情怀欣抱团。
缘分神奇堪互惜，慧心锦绣许相观。
诚然不负初衷处，诗路迢遥尚未阑。

咏刘邦

纳贤将将三章外，问鼎全凭博弈功。
志向深谋承帝祚，性情矜勇毁英雄。
宽刑固本沉猜重，灭项除嬴基业隆。
休笑当年斩蛇客，布衣引领汉家风。

与丰沛诸友游歌风台拈“鳞”字

嵯峨百尺又经春，咏叹千年楚汉秦。
匝地戎旗思鹿鼎，冲天帝业浸悲辛。
霸王不愧为英物，亭长原来是蛰鳞。
富贵还家难自控，高歌涕泪对乡亲。

读孟骥老师《追风集》诗稿有赠

开屏累日沐诗馨，初略红尘向晚情。
点滴珠玑源老骥，万千文字写彭城。
识荆丰采春三月，念我樗材愧半生。
一缕青风犹在眼，殷殷颔首寄秋成。

注：孟骥，江苏省沛县诗词协会副主席。癸卯春宁社一行丰沛之旅于沛县相识。

戏马台

户部山前草木青，荒台戏马忆曾经。
但凭一点丈夫气，吟咏骋怀永不停。

读徐州原乡人惠赠《涟波集》

清风一卷涤心尘，满目珠玑频逗人。
点点涟波似相告，彭城素友性情真。

丰县程子书院

春日闲招引，相携梁寨行。儒风起淮海，丰邑振先声。
仰圣施三拜，开基始二程。千年余响在，木铎荫群英。

游李蟠状元碑园

家书思报母，墨迹入眸青。门第传尘境，鳌头到谢庭。
令声烛照远，才气迫人馨。故里春来早，情倾碑碣亭。

汉皇祖陵

汉皇初定鼎，恩惠及先人。巨阙横陵寝，高碑衬紫宸。
依山兴土木，糜帑慰心身。千载家天下，风云春复春。

西陈古村

二坝春风起，黄河故道行。人文追两汉，屋舍类明清。
向好悄无迹，宜居渐有名。果园香溢日，静待客充盈。

果都大观园

果都非妄语，堪谓大观园。林下饶春味，馆中寻汉源。
广承民众望，暂避世尘喧。惜看萧疏貌，依稀已忘言。

丰县大沙河湿地公园

纵眸丰砀边，故道两相连。忆昔黄河患，逢今尘世缘。
潘公劳爰日，黎庶守望天。水陆融融处，依稀起绿烟。

注：大沙河湿地有明潘季驯治黄的遗迹潘公堤。

谒李卫墓

四月沙河暖，杨花似雪天。眸青汉源内，人谒李公前。
名重封疆吏，眷隆青史篇。应为桑梓幸，丰邑仰先贤。

丙申槐月吴门诗社彭城雅集拈韵“古”字咏燕子楼以贺

燕子楼，藏娇处。楼中佳人擅歌舞。
声乐事人良家女，歌尘赢得尚书顾。
既而脱籍出樊笼，贞心挚意终不渝。
可惜福薄隔阴阳，楼中燃香香如故。
幽独决然逾十年，终究追随郎君去。
燕子楼，情凄楚。多少骚人来吊古，
知春岛上绿离离，琼楼碧水堆烟树。
空楼闭门对斜阳，可怜又是春欲暮。
唱和浩叹犹在耳，香山东坡情交互。
刚烈佳人凭一语，多事香山铸大错。
十年孤灯秋霜外，谁人能知此情苦?
世上多有风尘误，闺中亦有痴情主。
空言百句难弥补，千载风骨难尽诉。
春风微度草木香，空楼差可慰羁旅。

垂丝钓·游彭城

湖山未老。清波涵碧环绕。又至彭城，正值春杪。波光耀，不失其浩淼。牵怀抱。倚栏人悄悄。

云龙秀色，巍然相接云表。蜿蜒曼妙。况满山华藻。兴至频登眺。寻旧貌。已是忘归棹。

恨来迟·过泗水亭

旧雨新知，泗水亭下，说汉论秦。正鸟啭清阴，软风花坞，燕尾霜鳞。

泗水流、帝业早成尘。可怜枯骨臣民。看大汉山河，龙飞宝地，正送新春。

华胥引·贺徐州东坡诗社成立

萧萧天地，默默生寒，朔风逐日。却是良辰，眉间一抹明霁色。岁杪踵迹东坡，以同被余泽。收放诗心，看江湖正重出。

犹自回眸，算而今，两相为客。彭城风物，足堪重翻细释。检点前游旅次，任情思交织。一诺于心，今宵长祝朝北。

貂裘换酒·别彭城再用吴门雅集拈韵得“古”字

作别彭城侣。记匆匆、经行三日，几番怀古。二十八年重来到，风景依然不负。更何况、吴门雅聚。文采风流俱在此，自流连、难尽初心语。诚有似，小儿女。

牵衣执手偏难去。尽依依、强装洒脱，欲言还住。此际身心应超重，多了登临意趣。不辜负、坡仙行处。澹泊襟怀堪称许。挟相期，车马临歧路。心里话，莫轻吐。

貂裘换酒·留别彭城女子诗社毛士敏诸贤并建安兄

又值临歧路。忆行藏、黄楼碧水，坡仙行处。两日彭城融身影，萦绕动人幽绪。寄怀与、云龙朝暮。前度刘郎今又到，到如今、白发添新缕。尘世里，总无据。

新知旧雨难辜负。算而今、十年相识，两番相聚。难忘觥筹同交错，更有芳花解语。谁似我、寸心如故。待得桂香秋月好，指金陵、放棹风帆举。抬望眼，容倾吐。

·盐城·

咏阜宁范公堤遗址

烟村耕作每相邀，距海涛声百里遥。
高堰时移难捍海，荒滩岁久可锄苗。
新陈世事沧桑换，向背人心天日昭。
遗爱范公痕迹在，千年依旧是风标。

游中华麋鹿园

遮空芦苇杂盐蒿，港汊纵横车代劳。
结队横行无远近，隔栏饱览到分毫。
滩涂净土合栖憩，动物天堂枕海涛。
奇异精灵几绝迹，思来聊可入陶陶。

东台西溪古镇

天仙传说扎深根，微雨东台敞阙门。
渡口悠悠迎远客，塔身熠熠沐朝暾。
滚珠荷盖红衣影，移棹船娘绿鬓痕。
画里悠游消半日，恬然胜境不需论。

过施耐庵故里

三河汇聚白驹场，大著煌煌出水乡。
时遇年荒思避乱，权将书写代韬光。
案头野史饶滋味，故里文心得湛凉。
今作明伦堂上客，征轮无悔已寻常。

响水西兰花

春来响水促农忙，战鼓传声倍激昂。
村里客商开笑脸，田头椰菜透清香。
富民一举推新境，携手千舟待远航。
翠玉群芳青老眼，静观故土换初妆。

滨海诗联十周年志庆

十年回首路漫漫，此际聊添笔墨缘。
梦里书乡花簇簇，望中滨海韵绵绵。
诗词依旧当精选，岁月常新任变迁。
试问谁知千里外，有人遥祝酒筵前。

盐城浠沧诗词网开坛志贺

此身碌碌喜遨游，涛送黄淮一梦幽。
天赐河渠富鱼米，地分海陆邈春秋。
浠沧古巷证风雨，盐渎新朋好唱酬。
又见春空撒诗网，甘于网内作诗囚。

游盐城大纵湖，谒陈琳墓，用温庭筠韵

寸心一向慕雄文，今合踏青来吊坟。
虽道闲书能惠我，始知乱世可容君。
拔群郁勃英才气，旷古寂寥高处云。
谁说儒生难大用，况加笔力扫千军。

游盐城丹顶鹤自然保护区

向海不辞远，跻身鹤故乡。蒿滩人寂寞，芦荡地荒凉。
歌缓牵胸臆，风腥下夕阳。单车迷曲径，嘹唳破青苍。

盐城大纵湖东晋古城

水阔碧波生，来观东晋城。湖中千载卧，眸底一朝横。
望远舟追浪，开怀客献声。引云高阁上，应可忘归程。

·淮安·

秋日洪泽湖

晴云秋籁任驱驰，过罢淮阴向水陂。
日影碧波摇荡处，征轮古堰互追时。
侵眸一色弥天远，垂帜千帆入港迟。
蒋坝斜阳牵旅足，心随鸥鹭久痴痴。

金湖尧帝故里

春暖荷乡一望遥。幽幽塔集足风标。
退居避位留余响，立德擅才空寂寥。
盛世岂须存谤木，神州再不见唐尧。
况加疠疫横行际，咎过追思逢圣朝。

宁社与金湖诗协联谊采风有寄

初霁桃花雨，澄明待客心。才游尧想国，又话水杉林。
足健不辞苦，杯深一畅襟。荷香满湖日，践约再登临。

卜算子·咏金湖荷花广场

河畔任徜徉，垂柳梳春水。信步诗墙信口吟，自忖芙蓉美。
旧日废滩涂，今日新天地。碧绿河边古韵飏，小坐同陶醉。

·南通·

游水绘园咏董小宛

今生应悔赴如皋，回首前尘皆可抛。
向任孤芳近林壑，岂将蜜意付厨庖。
忍观名妓成贤妾，难弃秦淮是故巢。
莫怪半塘春色远，董糖年味满城郊。

随苏莱曼游南通并诣访青青子佩归以诗赠之

结伴清游意未央，东来远道问行藏。
诗惭我自名声外，名盛汝因诗路长。
把酒顿生新境界，推心共话旧疏狂。
重温访戴应无憾，况有大江同暖凉。

南通濠河二绝

一弯碧水几回环，春色通州秀可餐。
尽兴徜徉消半日，归来犹自独凭阑。

飞舟画舸眼前过，远道游人夜晚多。
馆苑亭桥仙境里，岸灯船火似星河。

狼山望江亭

望江亭上已空望，崇栋比高遮水光。
应羡古人多眼福，徒留遗迹阅兴亡。

龙爪岩鉴真东渡出海处

巉岩斜倚大江流，曾睹征帆万里游。
浩淼眼前皆水国，苍茫身后尽神州。

水绘园

董冒曾经相弄影，依稀此地尚能寻。
我来此地吊仙侣，只有风光自古今。

洗钵池

昔日墨痕何处寻，雨经草木绿尤深。
水中应是当时景，池畔再无琴瑟音。

·泰州·

望海楼

单车北向豁双眸，来看江淮第一楼。
每遇兵灾终败毁，而当盛世又重修。
名虽望海难如愿，人可凭栏得解忧。
俯瞰骋怀知水阔，凤城河里畅行舟。

梅园（梅兰芳故居）

凤凰墩上软风斜，的是青衣第一家。
幽雅亭台隐林樾，巍峨楼馆映芳华。
铮铮梅骨犹笃守，婉婉唱腔诚富奢。
色艺俱佳娱耳目，趁闲得空享清嘉。

柳园（柳敬亭纪念馆）

僻地通幽人迹罕，打鱼湾处入望青。
追怀评话开山者，我敬传奇柳敬亭。

溱潼古镇

会船节里赛船忙，今到苏中鱼米乡。
港汊互交河网密，千年水韵许端详。

黄桥古镇

古镇殊难底色清，却凭烧饼久扬名。
今成镇海门前客，稍一经心便忘情。

兴化油菜花

十万黄金甲未销，平畴兴化足堪豪。
浑然一色细香处，皆赖东君动剪刀。

· 连云港 ·

登顶江苏第一高峰花果山玉女峰

今从名著拜名山，索道扶摇自往还。
绝顶振衣天不远，风光出岫意清闲。
仙人隐约丹青下，玉女娉婷云海间。
缥缈蓬瀛呈眼底，暂忘何处是尘寰。

连岛远眺

苍梧生海上，缈缈接蓬瀛。心共流云动，涛浮碧屿轻。
船虚遁徐福，岛废忆田横。港内听鸣笛，扬帆待出征。

苍梧：云台山唐宋时称苍梧山。

连云港孤身赴云台山云龙涧上谒田横墓

乱草覆孤茔，残碑对杳冥。日边云霭浲，松涧海风腥。
血溅首阳土，山存薤露馨。今为海州客，款款拜英灵。

· 宿迁 ·

游双沟酒文化园

古镇氤氲盈鼻香，醉猿宝地岁悠长。
东濒大泽粮仓满，南近淮河魅力扬。
地下窖藏成酒海，眼中客栈接槽坊。
流程工艺惊看客，千载双沟任品尝。

过泗洪有酬李朋兄及青春诗社诸贤

杯盏难承惜意浓，临淮舫座漾春风。
古街扑鼻酒香足，热点侵眸土地红。
入梦泗州形胜外，有情徐国管窥中。
残阳投影始分袂，一握能知怀抱同。

注：泗洪古称泗州，为春秋徐国故地。

夜宿泗阳运河边意杨之乡大酒店

正值城郊洒暮光，侵眸人海正茫茫。
练摊泗水阁前聚，向晚运河干上凉。
璀璨夜方灯幻彩，寂寥人已梦生香。
枕涛眠可安如素，晓色征轮别泗阳。

古徐城徐偃王像前

长怀季子性深耽，挂剑千年成美谈。
背信之徒时可觅，为人不齿最难堪。

华东篇之二：安徽省 16 市

·合肥·

咏李鸿章享堂步李合肥韵

至死扶危未卸鞍，将倾大厦独撑难。
虎狼环侍雄狮病，文武恬嬉国步残。
替罪百年迷赵阙，裱糊半世缺韩坛。
是非功过归尘土，青史犹宜仔细看。

三河古镇

三河汇处连三县，一水通时成一乡。
战火频繁呈络绎，遗痕遍布值徜徉。
风云际会人才出，吴楚交融魅力张。
初见心倾徽韵足，江淮大地味悠长。

巢湖昨夜长风赠陈三立《散原精舍诗文集》两册

把卷书香弥四围，江南夜色压窗扉。
新吟翰墨思犹健，旧雨情怀诺不违。
浅学更谁能所益，盛名于汝尚为稀。
粗茶浊酒如相待，及坐金陵看夕晖。

岱山湖

烟波浩渺不曾开，一角湖山入望来。
演法庙前宜小驻，停舟登岸向莲台。

包公故里文化园

猎猎旌旗五月天，园门通畅任流连。
回思贪腐无穷日，欲语情怀多少年。

桴槎山

辗转不辞村路赊，且随老少向桴槎。
蜿蜒长碧横天际，山水肥东值一嗟。

撮街

撮土为城事可稽，初临正是夕阳时。
跻身接踵摩肩处，竟也流连不忍离。

游骆岗中央公园适逢合肥花博会

奔波半日犹难足，花木扶疏无尽头。
最是登高能劲赏，草坪直道豁人眸。

注：公园乃飞机场改造而成。

咏巢湖中庙

湖边突兀久萧疏，地接庐巢各半途。
拥雪凭栏看归棹，风云吴楚入残壶。

黄昏姥山岛

浮动青螺傍水居，三山耸翠衬菰蒲。
红霞似火煮天地，最爱巢湖夕照图。

洗耳池

许巢问答沉终古，怕说神州新画图。
我到池边惭耳目，潜心默立代长呼。

临江仙·谒合肥包公墓

双阙肃碑相接，青松苍柏遮天。墓前思绪自翩翩。庐州何幸甚，正气汇其间。

黑面原为铁面，寒芒正色同看。红尘难忘是清官。反观新世界，每想每心酸。

临江仙·合肥城南寻访赤阑桥

心系城南旧事，孤身来叩遗踪。庐州今又沐秋风。赤阑留绮梦，大道对苍穹。

巷陌凄凉不再，垂杨依旧葱茏。风流无觅剩空蒙。一河流水绿，满目夕阳红。

鹧鸪天·游包河

绕郭清流汇一池，城垣今作绿参差。浮庄起伏随波动，高阁巍峨共影移。

鱼铁面，藕无丝，青罗眸底隐神奇。况为孝肃长眠地，叶叶枝枝堪解颐。

注：传说包河鱼脊漆黑，称“铁面鱼”。河藕断之无丝，称“无私藕”。

鹧鸪天·逍遥津

花木扶疏春正归，逍遥津里沐朝晖。桥铭飞骑缘三国，津合逍遥衬四时。

登岸阁，启遐思，庐州凭吊此堪宜。当年若少张文远，名著名微尚不知。

注：215 年逍遥津之战，张辽以七千之众大破孙权十万大军，差点活捉孙权，经此一役，张辽威震江东，成为历代推崇的名将之一。

点绛唇·过李鸿章故居

屈辱悲凉，到头换得弥天罪。一生行止，功过随流水。

昔日风云，历历堪流涕。残阳外，客身谁似，默立秋风里。

·滁州·

登清流关

曾控江淮十四州，金陵锁钥拂云流。
雄关开凿多财利，要塞守封凭智谋。
恃险南唐终入宋，踞高北阙不归周。
静观朝代长更替，古道千年送去留。

登皇甫山皖东第一峰北将军峰

皇甫山青几忘形。滁州风致此为精。
弥陀寺外茶香远，金甲溪头泉水清。
披汗登高随路转，修篁饶碧伴春行。
将军岭上奇峰秀，不只皖东才擅名。

愚人节自驾 500 公里江淮分水岭归后吟二律

单车驰骋贯东西，千里通途一撢稽。
山岭相依成画幅，镇村毗接少烝黎。
每充观景高台客，更着清流关隘迷。
今日置身分水岭，风华八皖看高低。

令狐皇甫两山异，鹭岛杉湖景不同。
石界牌前村古朴，龙窝寺外色葱茏。
苍茫一路天涵碧，肃穆多方岭属红。
人在定城灯火夜，身心舒缓趁凉风。

注：分水岭来安段因为有许多战争遗址而被称为红岭段。定远县治在定城镇。

赴全椒吴敬梓故居

春意依稀迹可寻，襄河故地散烦襟。
高庭尽染书香味，深宅直通银杏林。
新缮置园还旧貌，雄文讽世秉公心。
儒乡已沐东风里，一抹残阳吊古今。

琅琊山中

今日身为不系舟，泉亭寺阁任勾留。
万般恍若深交久，山水怡然入笔头。

琅琊寺

殿堂错落依青嶂，钟磬依稀入白云。
缭绕烟霞闲相引，潜龙宝地自氤氲。

皖东银杏王

名动江淮一片天，宝山银杏越千年。
春来有幸暂相顾，更欲秋深再续缘。

注：银杏王位于来安县杨郢乡宝山村。

谒半塔烈士陵园不值

硝烟消散未成空，乘兴来观半塔红。
战地闭门关远客，葱茏长伴正春风。

琅琊山让泉

醉翁亭下水，享誉有遗篇。滟滟多春碧，泠泠一让泉。
前贤传绝响，胜景落滁天。谁解流连久，心仪暂忘年。

游全椒随俗“走太平”

淫雨远城郊，襄河春色招。难登贺橹阁，同走太平桥。
年俗倾心久，东风着意描。新正践前约，伴我一逍遥。

愚人节至将相故里定远

单车离六合，行旅始天长。暮迫明光界，身投将相乡。
青眸城古色，枨触鬓微霜。今作江淮客，诗心不设防。

登定远藕塘镇令狐山

高高令狐塔，足以诉沧桑。动乱连兵燹，外隳加内伤。
门盈八方客，愿许五云乡。名山虽暂驻，依然爱藕塘。

琅琊山歌

心系醉翁亭，怡然赴山谷。山门字峥嵘，东坡曾手录。
大道曲幽深，两旁植松竹。溪流自潺湲，皆从峰壑出。
亭外泻让泉，亭内多修木。檐角欲飞天，苔痕已侵屋。
千年留绝响，游人久驻足。踏石上青山，古道起幽麓。
布谷鸣树间，秀水舒双目。深秀见底清，此间堪忘俗。
忽闻萧寺钟，丛林倍肃穆。曾是潜龙地，香火久相续。
拾阶上天门，汗雨湿衫服。急登会峰顶，倚栏宜极目。
八方树参差，千峰绿起伏。浓荫岚霭生，胜景诗情逐。
赐我泉一汪，濯缨与濯足。此身老林泉，清心思慎独。
许我近山水，心向醉翁掬。

浣溪沙·与天长诗友谒骆宾王祠

雨幕弥空春路寻，祠前静伫久微吟。门窗斑驳任风侵。
一檄天惊成碎梦，千秋蝉唱喻初心。当年沉响到如今。

·马鞍山·

黄昏登采石太白楼

一练长江亘古流，清风凉夏复何忧。
西天落日催归鸟，顶上浮云晓客愁。
人到深情身似寄，心随碧水梦如舟。
重临仙迹频垂顾，百代高名太白楼。

再上采石矶

久伫江边暮气围，波光四合一身微。
东流春水原无异，回望青山意已非。
千载名楼难见老，十年黑发渐相违。
从今少作金陵恋，移爱分心采石矶。

登采石矶翠螺山之巅三台阁

楼压惊涛接杳冥，翠螺环抱一山青。
望中牛渚隐舟楫，槛外长江流日星。
太白遗风堪沐浴，诗城胜迹未伶仃。
危栏独倚思长啸，云影松风入画屏。

游含山县昭关

白头橐载演传奇，掘墓吹箫事不疑。
关口晴云饶翠碧，楼头烈日照旌旗。
忍将逃国锥心志，换了东门抉目悲。
自古英雄多憾恨，含山草木总离离。

登和县鸡笼山

黄墙古刹拥鸡笼，独秀一峰群绿中。
林海有容存释道，云山无定乱西东。
一厢纵目情难抑，百感骋怀意不同。
江北九华堪俯仰，和州画卷又惊鸿。

陪天许五澄等谒大青山李白墓

荒草覆茔今又看，飘萧行色北风寒。
白云窗外天将雪，粉壁祠中碣已残。
漫说谢公存井宅，犹传采石葬衣冠。
诗仙遗迹娱同道，不老青山合倚栏。

再至乌江霸王祠怀古

楚歌四面迫城摧，士气倾颓不可追。
绝境能离赖天险，人间难挽属心灰。
英雄自古重颜面，青史从来惜霸才。
今日乌江偏又雨，能知应是洗沉哀。

再访陋室

楼阁虽无神却旷，琴书曾有气尤清。
左迁刺史历阳幸，东去江流世事行。
自古雄文能警后，从来草木易伤情。
真心最是阶前绿，千载苔痕没又生。

三访陋室距上次已时隔七年

陋室诚高雅，花繁难掩贫。
苔追故人履，草迓五湖宾。
院落排空绿，诗碑入眼亲。
和州今又至，庭树又逢春。

初游褒禅山

浮屠梵宇翠微间，古洞华阳泉一弯。
声望山高真不等，名人胜境总相关。
结庐僧去留恩久，循迹客来知力艰。
我与荆公同意趣，松风幽径水潺潺。

再游褒禅山

跨江驰骋近青峦，取道西来未歇鞍。
势压翠微萧寺出，洞生钟乳暗泉寒。
谨从一处寻幽苦，深味当年变法难。
身置山川形胜里，褒禅烟雨任凭栏。

秋霁登博望横山

身近峥嵘气势催，白云青嶂隐风雷。
吴山星落平畴起，皖水珠镶入眼来。
地僻江南秋色晚，天生绝壁石门开。
而今谁慕陶弘景，乐道安贫伴古槐。

辛丑初冬邀约金陵诸友再登横山

磴道千寻势不穷，振衣小憩趁凉风。
景呈起伏层峦处，人在褐黄山色中。
锦绣金陵劳北望，苍茫石臼与江通。
频挥汗水频登眺，顾盼群峰始自雄。

偕苏莱曼拜谒丹阳李纲纪念馆，时值腊月二十四

丹阳地僻远嚣尘，净院重门新馆身。
胡马南征变天色，赵家残局赖贤臣。
三朝奏疏频生憾，十策英雄倍感人。
岁杪山河不堪望，萧萧草木待回春。

春行皖南第一圩大公圩

当涂春日役身轻，六地圩乡连轴行。
曩昔烟波渺天阔，如今鱼米应时生。
蟹田水白留云静，油菜金黄透眼明。
寂寞青山逢晚照，桃花一路伴归程。

八月三十日客子、造之与怀抱昆仑聚于博望，招饮有聚

人海茫茫偶擦肩，黄昏一晤馈流年。
向为网络尘中友，今作流霞座上仙。
金盏频频辉夜色，微言袅袅润茶烟。
生涯未许留深憾，况是临岐清露天。

和县镇淮楼

望中寂寂一城头，四面森森百尺楼。
应谢残垣留半段，聊供看客豁吟眸。

褒禅山

山借名人方显著，地因名显广流传。
黄墙古刹翠微里，别样闲情忆昔贤。

当涂太白公园周兴嗣塑像前

上苍变换太平府，此地源传《千字文》。
姑孰溪边流雅韵，蒙童代代沐其薰。

当涂凌云山

千载太平府，半天姑孰河。云过暗萧寺，水静映金梭。
眼底青山路，心中白发歌。江头江尾曲，相与共消磨。

注：凌云山脚下钓台相传为李之仪写《卜算子·我住长江头》之处。

青山吊李白

车发石头城，人向姑溪水。远道吊仙踪，雄文动天地。
谪后耽诗酒，心中耻权贵。诗魂伴青山，容我一洒祭。

当涂青山行

夏日苦炎蒸姑孰，访古豁目登青山。
眼底姑溪如玉带，水声蜿蜒接远天。
李白墓园静偃卧，千古诗仙正长眠。
遗踪渺然犹可辩，风姿横亘寸心间。
山高堪堪盈千尺，江南极目尽青峦。
翼然庙宇掩绿丛，今日我为最高峰。
天地苍茫来眼底，江淮尽在一望中。
谢公祠在山寺东，玄晖井水沐山风。
祠旁更有保和庵，庵中老尼性温善。
赠茶水、递风扇，话匣一开不间断。
就中李白事频仍，如何继迹谢宣城。
遭谗放逐难自平，余生唯与山水盟。
呜呼！青山乃何幸？诗魂相辉映。
今日亲睹松竹拱公墓，当知生前公卓荦。
容我一瓣心香聊寄君，以慰眼前青山与白云。

忆江南·濮塘老街

多少忆，凝聚濮塘街，古韵新风相映衬，青山绿水巧安排。每至每开怀。

清平乐·姑孰灵墟山

故乡西侧。灵秀人初识。金石炼墩诚可觅，丹洞时迎远客。
山凭绿洗嚣尘，名成化鹤仙人。最羡古人有福，松萝栖隐修身。

清平乐·凹山矿坑

南山铁矿，百载犹回望。时代沧桑留怅惘，皆在眉间心上。
凹山已是深坑，一汪碧水澄澄。暇日登高远眺，流云飞鸟秋声。

生查子·初中毕业30周年于马鞍山姚家寨有聚

独坐不成眠，窗外灯如海。一别三十年，圆梦姚家寨。
若是有前缘，何惧天涯外。回首月朦胧，思念侵天籁。

玲珑四犯·青山桃花节赏桃花

照眼夭桃，正傍岭依村，隐隐香溢。灼灼绵延，赢得踵肩云集。痴伫窥镜穿花，似梦里、放怀初拾。想崔郎自负才质，怕要名山重识。

近来屡作青山客。此重来，又添心迹。水边谷口彤云布，尤为山增色。红雨刹那缤纷，喜且嗔、东风过失。最怕临斯境，开复谢，流年迫。

·芜湖·

咏芜湖新十景

1. 赭山公园（赭塔晴岚）

无主荒山今有主，葱茏翠色压江城。
登高远眺怜逝水，循迹长聆忆旧声。
石质殷红关铸剑，晴岚深碧足怡情。
浮屠香火千年旺，冷眼人间和与争。

2. 镜湖公园（镜湖细柳）

鸠兹城拥一明珠，碧树繁花青画图。
照镜晴波鱼逐戏，堆烟杨柳绿深铺。
斜阳春岸人潮涌，淡月凉亭客影孤。
最爱此间山水色，况加春雨润如酥。

3. 神山公园（赤铸青锋）

群山起伏卧城东。百里驱驰寻旧踪。
叠嶂丹崖名赤铸，烛天炉火出青锋。
铁门槛古三回望，淬剑池清一畅胸。
故地重游堪寄慨，鸠兹举止自雍容。

注:神山时雨为老芜湖八景之一,也就是新芜湖十景的赤铸青锋。

4. 汀棠公园（玩鞭春色）

重装升级又经年，再至汀棠四月天。
潋滟湖中浮翠岛，玲珑亭上忆玩鞭。
江风泽国生图画，水韵鸠兹起绿烟。
循迹环游颇费力，豪情只敢说从前。

注：园内有玩鞭亭，壁画描绘东晋明帝弃七宝马鞭脱身王敦追兵事。

5. 中江塔晚照（双江塔影）

双江孤塔任徜徉，最爱鸠兹此一方。
青弋入江声渐壮，斜阳融塔影趋长。
怡人暮色销今古，侵耳洪涛送暖凉。
点点屐痕难忘却，良宵梦曲自悠扬。

6. 芜湖天门山（天门烟浪）

滔滔一带隔西东，气势千年犹贯虹。
碧水青山相对语，回流峭壁两争雄。
滩头舟渡春衫客，沙岸人喧杨柳风。
身浸诗仙诗意里，天门烟浪接苍穹。

注：此处乃李白诗《望天门山》所在。

7. 登四褐山（褐山揽胜）

拾级登高气势张，风情画卷细端详。
西云寺下涛声急，四褐山前江水长。
来往行舟拖白浪，缤纷都市罩霞光。
凭栏久眺情难抑，向晚疏钟带夕阳。

8. 岁末游南陵丫山石林（西山灵石）

簇簇迷宫侵客眼，层层军阵立山头。
望中姿态千岑异，闻处寒声万壑幽。
花海曾随春烂漫，石林今共我勾留。
蓦然心底升微念，此际豁蒙兼豁眸。

注：南陵西山也叫丫山。

9. 秋游繁昌马仁山（马仁云壁）

马仁自古擅高名，今合寻幽祈福行。
惊世香炉是人设，骋怀石壁却天成。
晨钟暮鼓客心动，竹海楠林秋意生。
漏月洞前舒远目，峰峦五彩自纵横。

10. 陶辛水韵

青弋江边暑气清。田田荷叶自成型。
涟波荡漾香湖岛，尘客休闲垂钓亭。
鸥鹭翻飞添水韵，沟渠通达映苍冥。
陶辛一派桃源景，万亩萦回待眼青。

游蛟矶庙（蛟矶烟浪）

参差南岸楼林立，水北沙滩任破闲。
古庙蛟矶生寂历，烟村蒹苇绿埼湾。
桑田沧海今能觅，殿宇江心已不还。
泪洒东吴望帝处，千年传诵满关山。

甲辰初夏登湾沚区桁琅山

拾步登高萧寺钟，桁琅宋塔沐山风。
水携青弋江声远，人立西河古镇东。
泉石犹存右丞迹，丛林不忘圣僧功。
繁华满眼鸠兹域，第一峰高任我雄。

注：桁琅山开发始于梁代天竺圣僧杯渡，南宋右丞相马廷鸾曾隐居珩琅著书立说。

谒芜湖赭山抗日名将戴安澜墓

将军射日累殊功，大汉扬威赖此雄。
眼底密林青簇簇，赭山松柏翠苍穹。

题芜湖王稼祥纪念园

当年一票定乾坤，岁月风云犹可温。
驻足伟人读书处，青葱难掩旧时痕。

注：纪念园在芜湖市第十一中学（前身为圣雅阁教会学校），王曾在此求学。

秋至西河古镇

鸡鸣醒三县，名重越千年。秋雨挟寒意，晨曦破夜天。
街头伞成景，渡口水生烟。青弋江声缓，霜涛待枕眠。

又到芜湖中江塔

喜作鸠城客，春来青弋江。波光新岁月，风雨老门窗。
斜日楚皋外，芙蓉塔影双。揪心楼四合，望里正幢幢。

注：九江至镇江段长江为中江，青弋江入长江口有被誉为“江上芙蓉”的中江塔。

清平乐·吴楚联社采风湾沚桁琅山拈韵得“草”字

黏天林草，山路通云表。勉力不辞远眺，青弋江声幽邈。
登高汗湿征衣，峰前忽觉天低。转忆全民抗战，战壕见证当时。

清平乐·西河古镇

巷深屋老，青瓦生青草。更有清江环绕，水韵皖南昏晓。
江边仰望桁琅。水光长映山光。世事恍如一瞬，已无昔日辉煌。

清平乐·梅溪塘古村

梅家曾住。端的清幽处。遥对桁琅清水护。惯看春来冬去。
千年望族堪嗟。无非耕读传家。更有皖南山水，小村尤擅风华。

清平乐·龙尾张

南湖环碧。湾沚犹能觅。最美原乡今目击。青绿盈眸欲滴。
过桥即入清幽。花开陌上村头。浏览儿时记忆，徒生点点乡愁。

清平乐·芜湖天门山

两山遥对。迢递江声碎。山上青天舟下水，总是魂牵梦系。
去年潮落滩长，今年恣肆汪洋。别样天门胜景，同为心静清凉。

·宣城·

乙未秋徒步徽杭古道

缘溪越磴邈行踪，泼黛流云衬碧空。
一路巉岩追故迹，满山秋色赖西风。
相牵笑语密林外，异代尘霜驿道中。
衮衮征途挥汗客，旅心无复昔时同。

己亥徒步吴越古道

身没连绵秋色里，氤氲丝雨净尘寰。
杖鸣磴道成量尺，涧泄清泉润绿山。
百代雄关千顷立，四围碧水一池闲。
情倾天目忍回首，心向苍茫吴越间。

癸卯春赴白地乡徒步旌歙古道

透迤穿越冒春丛，官路千年气势雄。
地接城关商旅倦，溪流深壑水山融。
残垣佛柱证遗迹，鸟道羊肠任畅通。
愧我前来只玩味，古人生计在其中。

观泾县黄田古村象山地下军事防空洞

穿行深邃暗惊奇，挖洞积粮诚不疑。
山外春光生慨叹，眼前陈设转沉思。
机关处处纵横道，给养源源困顿时。
人力工程堪大用，如今权且作谈资。

咏谢朓楼

东风暇日又孤行，眸底天光似水清。
叠嶂高斋思太守，层峦深翠拱宣城。
春临山晚成屏画，楼立江南喻政声。
人在宛陵佳境里，敬亭遥对忘归程。

癸卯三月游泾县桃花潭

青弋江宽触眼明，桃花夹岸碧波清。
踏歌滩上人争渡，落座舟头画正呈。
雾霭升腾仙境界，村峦勃发早春声。
流连最是真山水，不到佳处不动情。

3 月 25 日暮登茂林镇魁山

金黄翠绿豁青眸，胜日茂林迎俊游。
独秀魁山塔耸峙，苍茫暮色地清幽。
高低峻岭同环抱，曲折濂溪向北流。
烈士墓前长伫立，春光难解个中愁。

过旌德江村

百代声名未肯降。诗书仕宦振家邦。
长传孝道能成俗，高耸祠堂自不双。
山水相依风细细，古今辉映影幢幢。
游人近见如蜂拥，缘故无非村姓江。

徽州行之元旦游绩溪龙川

过桥越岭入龙川，逆旅情怀未肯眠。
影映祠坊溪阅世，村呈粉黛水涵天。
一回甘作画中客，半日权当域外仙。
坐夜不悲人岁改，素心向暖共流年。

绩溪上庄胡适故居

群山遥合古村幽，襟带清溪缓缓流。
寂寂苔痕侵白壁，斑斑故物夺青眸。
九州能重新文化，百载仍寻真自由。
兰蕙门庭留旅足，红尘况味值寻求。

咏郎溪明代城墙

苔侵水蚀迹斑斑，楚雨吴风六百年。
断碣两方犹可辨，残垣百尺倩谁怜。
金汤城阙传闻里，玉带郎川客路前。
遥看群山融晚照，此时正合忆尘烟。

注：郎溪河也叫郎川。

皖南泾县桃花潭

一带清江入画屏，桃花夹岸对山青。
踏歌情意湮千载，仙境恬然已具形。

参观皖南新四军军部旧址

雨后皖南春绿催，漫随指点说沉哀。
同胞一段操戈史，云岭于今雾不开。

查济古村

幽谷深山藏璞玉，群峰四面抱奇珍。
家园独守仍鲜活，查济千年未失淳。

过赤滩古镇

徽派街闾一径凉，辙痕青石记辉煌。
琴溪尽处江声碎，渡口萧萧春水长。

注：赤滩，位于琴溪与青弋江交汇处。

游“井水不犯河水”出处之旌德朱旺村

一河九井十三桥，朱子宗支远圣朝。
深得皖南山水乐，古村千载自逍遥。

过旌德吕碧城故居

天赋才华谁与争，吟坛奇女笔纵横。
车尘暂息来追访，看尽苍冥吕碧城。

谒皖南事变烈士陵园

此地多遗恨，恨多凝皖南。百年风雨洗，百洗又何堪。

夜宿徽杭古道下雪堂逍遥驴库篝火晚会

长空星点点，古道水潺潺。篝火流秋韵，初心似少年。

广德笄山竹海

车行青世界，眼润碧琉璃。竹海漫无际，笄山近可窥。
往来人不息，浓淡画相随。路转峰回处，炊烟袅袅时。

广德月克冲

深山藏秘境，竹木掩真容。画显艰辛日，村留战备踪。
青眸久惊艳，绿海一相逢。广德心常系，难离月克冲。

注：月克冲村，小三线九四零军工厂旧址所在村。

游郎溪观天下景区

为撷皖南趣，登高不畏艰。林涛声隐隐，溪涧水潺潺。
归鸟禅钟静，撑云危石闲。郎溪山似佛，我在佛心间。

清平乐·宣城梅溪（梅尧臣故里）

梅家故地，入夏犹青翠。时雨相偕同拜祭，木叶飘萧满地。
南朝太守流连，盛唐继踵诗仙。后续梅溪独秀，宣城佳话千年。

清平乐·南漪湖南姥咀

轻车晚照。同入湖怀抱。一咀南伸成半岛，烟水空蒙浩淼。
长桥宛若长龙，茫茫天水相融。灯塔堪为亮点，此时合趁春风。

水龙吟·8 月 25 日登宣城敬亭山

望中翠色茫茫，此间自是埋忧地。碧栏槛外，相思泉畔，尘心如洗。沿路寻诗，遣怀吊古，诗仙尘事。念江山几换、风流犹在，些思绪，风惊起。

起伏峰青眸底，畅胸襟、何须文字。宣州胜景，梦中曾见，时时能记。独坐亭前，翠云庵侧，古今同倚。况春光渐盛，山风徐拂，倩谁同醉。

·铜陵·

游铜陵天井湖

惜哉难显五松山，韵味只存文字间。
地处铜都宜劲赏，迹关李白值追攀。
二堤分水三湖绿，五月潜心半日闲。
已得暮春天井乐，况于杨柳软风间。

注：五松山原位于天井湖边。李白曾三上五松山，留下多篇诗作。因其山不高，现山势不显，山景不存。

大通古镇

初临古镇意纵横，闲暇邀人共旅程。
和悦洲前江渡客，澜溪街上市廛声。
颓垣老屋多焦土，画栋雕梁一怆情。
小上海成鸡肋后，几多佳境剩虚名。

注：古镇最繁华时曾有五万人，有"小上海"之称。毁于日军轰炸。

谒枞阳方以智墓

血疏诉冤犹可闻。赣江赴死事应真。
异禀天才难复制。高行履迹可依循。
孤忠原是真公子。铁骨常生弱肉身。
别有襟怀磨折后。尚存懿德飨来人。

登枞阳浮山

一行老少自追攀，杖履春岑作反穿。
会圣寺前人近佛，文昌阁上势摩天。
白水长浮堪纵目，尘氛暂息作逃禅。
流连最是摩崖壁，一任诗心赴绮筵。

游铜陵博物馆新馆

凸显地标归巧思，方圆结合造型奇。
幽深博大交融处，灿烂铜都近可知。

· 池州 ·

池州印象

齐山旖旎正逢春，一水平天涨绿痕。
访古能追包孝肃，闻香可达杏花村。
皖南奥秘诚难擘，徽派风神自有根。
更凭九华启门户，诗心脉脉不需论。

登齐山

松石立斜晖，齐山秋意违。平天湖水阔，巨笔赤痕稀。
驻足忆包拯，骋怀思岳飞。留连堪四望，不让旅心归。

齐山翠微亭

嘉木掩芳菲，寻幽上翠微。云根迷曲径，亭翼立斜晖。
列岫姿千态，涵秋影四围。池州好山水，百感尚依依。

·黄山·

咏齐云山

登高啧啧叹神工，造化深藏万绿中。
云雾蒸腾含紫气，树花萧索恨金风。
丹崖绝壑容村貌，石刻仙踪赚客瞳。
遥见山农指黄岳，皖南何幸立双雄。

齐云山小壶天

白岳齐云看不真，道家宝地赚游人。
壶天室小堪凭槛，绝壁崖危足醒身。
客至豁然知进退，语深莞尔解痴嗔。
风光扑面清如水，浣罢心尘浣俗尘。

三阳坑至光明顶途中

遥看昱岭接高天，地势雄奇近眼前。
车马每惊临绝壁，壑峰不意泄飞泉。
白云青嶂堪消虑，峭石山花暂忘年。
但想江湖此间事，风流尽去剩风烟。

赛金花故居归有寄

归园户牖入西风，落叶缤纷秋意浓。
环碧廊牵真水态，伴云堂接远山容。
图文差可留惊艳，器物犹能记迹踪。
孽海红颜家国恨，任由毁誉对寒冬。

咏塔川秋色

逼眼橙黄衬绿红，粉墙黛瓦对长空。
层林檐塔轻霜染，远岫晴川活水通。
画里乡村烟霭外，陌头看客夕阳中。
此间难觅秋萧索，乌桕丹枫势正雄。

印象徽州古城

绵延山脉拱山城。故郡新安眼底横。
天下徽商源所起，东南邹鲁号谁争。
渔梁坝上皖风起，太白楼边古韵生。
我与烟云融水墨，流连街巷忘归程。

呈坎八卦村

眼底清波生倒影，画中倒影接春山。
一千八百多年事，俱在青墙黛瓦间。

屯溪老街

初上黄山岁月幽，屯溪一别几经秋。
置身灯海街深处，唯有天风似旧游。

浣溪沙·忆30年前登黄山

远客欣然入此门，黄山云里近嶙峋。归来犹似梦中人。
魂梦屡思当日事，金钱难买等闲身。尘心又到那年春。

·安庆·

登安庆振风塔

古塔萦心今始登，觅门辗转最高层。
东流江水似过客，无定白云如老僧。
耳际风铃时激越，寺中梵唱正相仍。
豁眸今日难忘俗，独倚依稀百感增。

五月一日登天柱山

每惊足下路千旋，心在雾烟缥缈间。
向上渐行佳境集，望中顿觉涧风闲。
四方游目怕时晚，半道振衣知力艰。
自古宜城起天柱，登高正合看春山。

谒安庆陈独秀墓

春风五月过宜城，谒绪长随夙愿生。
佳木皆因游子绿，青岑半被石场更。
中山陵满人声沸，独秀园空杂味萌。
我到坟前唯一拜，不堪此际意纵横。

咏惜抱轩姚鼐手植银杏

二百春秋绿盎然，前贤风范共流年。
甘棠遗爱桐城地，蔽我浓阴分一圆。

咏六尺巷

大度桐城呼吸间，非常小巷不知年。
蝇头蜗角红尘事，此地思来一粲然。

游世太史第（赵朴初故居）

四代翰林光宝地，一生佛性耀宜城。
可怜寂寂门庭冷，墙外偏多热卖声。

清平乐·桐城印象

8月24日游文都桐城，文人故居皆破败或凋敝不可寻，失望而归。

故居空久，文气萧森后。水色山光城依旧。可惜魁星渊薮。
人随陈迹勾留，心同河水悠悠。偶遇蛛丝僻所，欣然驻足搜求。

踏莎行·谒桐城左忠毅公祠（啖椒堂）

清水平端，乡邻环跪，高擎明镜同流涕。涕零缇骑不成声，当时此景犹能记。

落叶长围，蓬门紧闭，瓦间蒿草年年翠。可怜今日啖椒堂，客心如堵还如碎。

·淮北·

过淮北市桓谭公园

游人晨鸟语相参，楼阁相依映水蓝。
入眼相城多印记，宛如烛火是桓谭。

濉溪古城

柳孜临涣脉相连，犹见濉溪口外船。
移步凝曦门内看，长街青石记流年。

登相山

相山连泰岳，南麓拥相城。塔耸翠微顶，寺传钟磬声。
烟霞成癖好，天地待纵横。皖北形胜处，余存谁与争。

· 淮南 ·

八公山怀古

淮河相傍托层峦，草木离离秋水寒。
紫气仙台欣问道，悲风洛涧耻投鞭。
皆言清境亦诗境，争识刘安并谢安。
细雨迷蒙遮望眼，欲穷神韵料应难。

游寿县芍陂并谒孙叔敖祠

三十六门千载水，方圆万顷一人祠。
烟波浩淼入青眼，殿阁森然睹世移。
置酒羊公岘山泪，惠农楚相芍陂姿。
秋风堤坝堪长眺，正值稻黄待割时。

淮南王刘安墓

繁芜汉史不堪稽，况复升天众犬鸡。
鸿烈成书八公聚，丹炉炼药一心迷。
黎祁乍出喜传世，帝梦醒来悔噬脐。
阻势逆流难得逞，千年高冢草萋萋。

注：鸿烈，即《淮南鸿烈》，也叫《淮南子》。黎祁，刘安无意发明八公山豆腐时的初名，离奇谐音。

·宿州·

过灵璧虞姬墓

苍茫四野尽烟村，连辔高碑诉旧闻。
垓下悲声凭一瞬，阵前孤勇冠三军。
千秋怜惜成诗海，半日追思到艳坟。
烂漫美人蕉正炽，西天云彩对斜曛。

钟馗文化园有感

地阔塔高堪俯仰，入门乘兴细搜罗。
占留永远唯求大，靡费从来不畏多。
内核钟馗成碎梦，外衣文化转沉疴。
满心失望情难抑，此际长留是折磨。

皇藏峪

群峰染深碧，幽洞越千年。缥缈瑞云寺，叮咚拔剑泉。
黄桑曾蔽峪，古木已参天。林密暗归路，归心正蔓延。

·亳州·

亳州老街

祈雨汤王像，观风花戏楼。情倾涡水岸，心动老街头。
旅足才开步，尘氛待豁眸。谯城本色在，此处自春秋。

咏亳州曹操运兵道

军前擅谋略，地下巧经营。横竖互交织，攻防可变更。
戏台看魏武，兵道读谯城。洞里长行走，倾心自敛声。

咏华祖庵

终身远利禄，全力致岐黄。麻药于手术，外科之滥觞。
悬壶活人命，谢世失《青囊》。蹑足神医路，依稀满院香。

注：传说华佗死前将毕生心血《青囊经》交于狱卒保存，后不承想被狱卒妻子当废纸所烧。

·蚌埠·

过垓下闻固镇灵璧相争古战场遗址有感

刘项称雄战不停，终临垓下一朝清。
兵弭四海干戈息，鼎定中原汉祚生。
世上人情有褒贬，尘间爱憎自分明。
近来见说争遗迹，两地无非逐利行。

涂山上远眺

荆涂遥对望，空峡隔长河。山寂神威在，庙荒风雨过。
幽深朝禹路，婉转候人歌。伫立登高者，临淮看逝波。

注：禹娶涂山氏女不久外出治水，三过家门不入。妻作“候人歌”待夫归。13年后禹治水功成返家，儿启已长成少年，涂山氏却已去世。

过蚌埠龙子湖畔南北分界线标志塔

咫尺分南北，长淮一望奢。塔身向空碧，跬步即天涯。
人作蚌城客，湖为龙子家。红蓝高指处，是我大中华。

·六安·

游舒城万佛湖

群山四合映波清，托出明湖作画屏。
细浪摇来千岛绿，飞舟掠过一天青。
坝宽横截龙河口，塔耸直如烟水亭。
悄立凭栏朝万佛，凉风轻抚倍堪听。

登大别山最高峰白马尖

循道乘风踏岭云，流泉飞瀑湿衣巾。
龙门落石镌三字，龟背朝碑览四邻。
俯首群山峰独秀，遮天万绿气尤新。
杜鹃夏日犹开放，恰似皖西明媚春。

注：领联指景区四景（龙门、落石、龟背搬家和1777米标志碑）。

游霍山铜锣寨

一峰突起万山扶，人共晴岚势不孤。
林外流云随地合，眼前翠碧向天铺。
战场岁易诚难觅，叠嶂春来尽已苏。
怪石奇松随处是，药农每遇肯相呼。

万佛湖三河镇归来

访古三河镇，休闲万佛湖。尘氛能暂避，情结最难舒。
云岚思日永，山水解心孤。携酒归来晚，今宵有梦无。

·阜阳·

阜阳生态园乃古颍州西湖遭黄河泛滥而淤塞为平地后的遗址上新建而成，一叹

皖北风华未劫灰，欧苏旧治剩楼台。
一经黄泛西湖失，长任汀葭荒地摧。
胜境新开颖人乐，遗存半灭楚云哀。
夕阳犹自乱心绪，纵使满园花正开。

游颍州西湖，此湖实乃古西湖被黄河泥沙淤埋而废后因颖人怀念欧苏而新迁移至此新命湖名而已

西湖犹自浥余芳，遗爱欧苏恩泽长。
云下双堤分绿水，眼前千树念甘棠。
遥青润目天连地，空碧牵情颖与杭。
会老堂前寻旧迹，一觞一咏发心香。

谒刘锜祠

山水颍州入渺茫，心牵武穆上城墙。
未申襟抱身先死，犹共时人念顺昌。

注：刘锜谥号和岳飞同，祠位于阜阳西北城墙上。顺昌大捷刘锜一战成名。

颍上管鲍祠

相齐佐霸展胸襟，九合诸侯遂本心。
万古挚交佳话里，荐贤高义与分金。

八里河

令名声鹊起，破浪一舟翔。水韵生徽趣，徽风侵水光。
四时花岛艳，万顷碧波凉。八里河留足，依稀半日忙。

咏颍上县迪沟

玉管依依立，清风细细香。廊楼眺山水，鸟兽戏湖塘。
绿掩竹音寺，音传罗汉堂。园林久呈现，荒地换新装。

华东篇之三：山东省

·泰安·

丁酉七月八日再登岱距首登整 30 载矣

熹微曙色浸微红，杖履相随趁晓风。
十八盘前生峭壁，玉皇顶上近苍穹。
晨昏佳境千山外，海岱浮云四望中。
万古销沉最高处，卅年两度敢称雄。

·济宁·

曲阜印象

辗转课徒洙泗间，生民未有忆先贤。
儒风浩荡春秋史，教泽精深齐鲁篇。
朝圣尼山阙里外，采芹泮水世家前。
素王遗迹频侵眼，古韵氤氲一脉牵。

·济南·

趵突泉

石甃方池净俗尘，泺源三窟涌如轮。
雪涛吸引万千客，来看泉城第一珍。

济南千佛山有感

历山久不见齐烟，千载相循作福田。
天下丛林多变味，金身若近必掏钱。

大明湖

柳枝夹岸漾清波，葱绿嫣红四面荷。
一眼湖山难暇接，小沧浪里几消磨。

铁公祠

风云历下享英名，祠接荷青共水清。
一片孤忠光日月，平湖十里故称明。

济南百里黄河

泺口浮桥横伟岸，悬河高坝矗平芜。
暮云斜日济南北，百里黄流行渐枯。

·枣庄·

咏孟良崮

静听今日孟良崮，深味当年神鬼惊。
自古人心分向背，从来结局看输赢。
阋墙兄弟成雠敌，殉国将军难定评。
王寇思维千载下，观瞻半晌不胜情。

二赴台儿庄距首次时隔整十年

鲁南门户再相望，势压江南众水乡。
血火俱消陈迹在，帆樯犹盛令名彰。
抗倭一役铭千古，通埠千年看一庄。
三万英雄埋骨处，古城今可细参详。

枣庄铁道游击队影视城游感

各地影城兴未阑，游人赚得即心欢。
鲁南今又造新景，成败须从多处看。

观青檀寺中青檀

错节虬枝取次看，曲旋密匝叹奇观。
莫嘲满眼无修木，千载生根峭壁间。

春游微山湖滩头

沿途入目尽枯荷，鸣鸟飞过动水波。
只待夏风吹一遍，芳香翠盖伴红歌。

·淄博·

过淄博周村区进一村空调总部拜见老总高升堂诗长

周村重镇亦雄哉，齐鲁湖山四望开。
访胜竟能逢地主，入眸皆可作春台。
高流已具堪人杰，勋业初成是帅才。
儒雅一身行止外，商风古韵喜同来。

注：春台，典出《老子》，指春日登眺览胜之处。高流，指才识出众的人。

随淄博房舫兄见江东诗社崔浩王益民野叟李忠琴诸子

追人光影透窗棂，每趁凉风相诉听。
师道半生心渐老，萍踪四海脚难停。
新知座上攀年齿，陈酿杯中见性灵。
羁旅客怀诚易感，愧无长语馈垂青。

桓公台

一丘遥起路林间，兀立平畴成大观。
点将台高空霸业，指南碑破认凋残。
春风惯见燕莺至，夜色频招孤兔欢。
直上荒巅堪纵目，故都新绿可凭栏。

桓台县王渔洋故居二绝

应是风流第一家，四传宫保此为奢。
纵然齐鲁多望族，高第随时感物华。

官德声威代代同，修身廉洁正家风。
尚书门第传佳话，留别深深鞠一躬。

游淄川蒲松龄故居二绝

恬静门楣对古槐，满庭浓绿覆聊斋。
低檐老屋自成趣，无奈之余半介怀。

三十八年为塾师，功名心志未曾离。
昼耕桃李夜狐鬼，集腋终成天下知。

临淄齐国故城遗址

名都湮没有遗存，古墓残垣认旧痕。
六百年间繁盛处，无非田里或墙根。

·潍坊·

过青州

晨曦犹在海之陬，海岱风光已入眸。
忧乐相关范公井，唱随偕隐顺河楼。
造型驼岭呈清画，拔笏云门作壮游。
半日驱驰犹未息，斜阳影里过青州。

注：顺河楼位于李清照故居旁，易安词“月满西楼”中的“西楼”便是指此楼。

咏麓台

苍松久护公孙墓，素月曾凉太子衣。
经雨千年多秀色，浮烟一塔正斜晖。
如林碑碣诉陈迹，向晚书台立翠微。
春暮登高容驻足，潍城春日绿尤肥。

咏潍坊浮烟山

瑶岑涌翠绝尘埃，千载儒风染麓台。
袅袅绿烟堪大赏，氤氲文气逼人来。

·青岛·

刊兄接风宴上见城阳诗词学会会长钧淇兄

莽苍暮色压城隈，海岛华筵向我开。
但以初逢期莞尔，且凭一握仰崔嵬。
振衣难却蒙青眼，就座权先尽绿醅。
萍迹天涯客心里，浑忘节候漫相催。

同刊兄居然兄同登琅琊台

今日情怀得好开，相携挥汗共徘徊。
浮云沧海心能遂，方士仙洲事可哀。
一统雄才终寂灭，百年吾辈亦蒿莱。
江山信美幸同赏，况是依稀星鬓催。

丁酉夏日青岛之约步韵刊兄千里吟鞭律兼寄钧淇兄

风舒齐鲁漫相催，今向崂山践约来。
一面缘乎终执手，三生幸甚几浮杯。
不愁网海少新雨，犹愧诗田多草莱。
翘首十年江左客，吟怀海上渐登台。

感居然兄馈赠崂山茗茶

近海周游齐鲁间，识荆夏日结茶缘。
归来冲出清香味，折射岛城情谊篇。

咏齐长城

残墙一段细搜寻，故地风云感不禁。
烽火台中砖石上，能温时代最强音。

咏黄岛金沙滩

滩平沙细色如金，海碧天蓝任诵吟。
冠亚风光出黄岛，上苍于此有偏心。

小青岛（琴岛）

孤屿海中流古今，长堤相接状如琴。
飘灯夜色凉风里，拂去烟尘一畅襟。

注：“琴屿飘灯”为青岛十大景观之一和市标之一。

八大关

曾经幽静去难还，异域风情汇此间。
花石楼前千万客，贪看最是太平湾。

注：八大关前有太平湾浴场（第二海水浴场）。

二登崂山

重温辗转不辞艰，海上名山魅力牵。
腿脚恨无当日健，应知当日正华年。

江宁路上劈柴院

一望江宁便觉亲，况加美食诱行人。
百年街巷时光煮，煮出岛城滋味真。

咏青岛栈桥

百载栈桥风雨频，力争还岛事犹新。
回澜阁上头攒动，谁忆当年振臂人。

注：1897 年德军以演习为名，从栈桥登陆，武力占领青岛。力争还岛指五四运动口号“誓死力争，还我青岛”。

贺青岛刊兄爱女考上山东师大

我信鹰雏藏智珠，更兼十载苦功夫。
杏坛有幸添才女，正待扬帆向梦都。

定风波·青岛老刊兄半米生辰迟贺有寄

北望蓬莱看未真，可知今有倚栏人？昨日良辰今日憾，才见。一腔心语已纷纷。

把盏追欢逢入夏，牵挂。聊将诗酒寄浮身。莫叹半生空碌碌，遥祝：餐书亦可慰清贫。

鹧鸪天·山东月白惠赠《月白吟稿》有感

龙口氤氲草自春，榆关内外寄吟身。江南长忆倾情客，雅室仰望漱玉人。

趋百感，步清真。新编已是可疗贫。墨香馥郁分明处，肯与愔愔作后尘。

华东篇之四：浙江省

· 杭州 ·

杭州印象

吴山堆翠御街行。千载悠悠自送迎。
苏白二堤分碧水，高低数岭拥名城。
繁华都市遗痕在，浩渺平湖新绿生。
最喜此间烟火味，清河坊里不胜情。

西湖感旧二首

每忆西湖百感添，至今山水两难厌。
三生奇石远苏小，千载长堤赖子瞻。
别后相期情已杳，重来回首悔深潜。
廿年一觉杭州梦，心底罗敷岂岁淹。

南北高峰云雾衔，如今最怕上斯岩。
水开花港存青眼，绿掩苏堤现紫衫。
唯有尘函长作伴，聊将锦瑟永封缄。
无缘纵使空香在，婉转心伤寄远帆。

余杭塘栖古镇京杭大运河第一桥上远眺

黄金通道始余杭，广济桥头是富乡。
郭璞井连美人靠，御碑亭接过街廊。
水南水北市门对，年去年来舟楫忙。
更有清波淘岁月，不分昼夜自汤汤。

风波亭

千年冤屈水云间，湖外孤亭难等闲。
四面伤心浓绿里，教人不得破愁颜。

雷峰塔顶晚眺

晴翠平湖一望中，二堤三岛巧相融。
山峦层叠分浓淡，托出西天万丈红。

楼外楼

西湖歌舞未曾休，百代孤山楼外楼。
食客如云钱似水，迷离盛世足风流。

虎跑泉

叠嶂清溪同滴翠，巉岩深处出流泉。
虎跑龙井相匹配，只羡杭人不羡仙。

清河坊街

古街向是最繁华，老字招牌千百家。
背倚吴山似穿越，西湖除却独清嘉。

胡雪岩故居

巨商红顶竞豪奢，合璧中西独一家。
十载巅峰转衰败，沧桑人世看浮华。

李叔同墓（弘一法师舍利塔）

生涯终入苦行僧，遗世奇才无不能。
巨变流年风雅客，就中归宿是传灯。

六和塔

信它建塔镇江潮，传说千年尚未凋。
俯瞰铁桥横跨越，钱塘风致更妖娆。

钱塘江大桥有怀

桥谓坚强唯此能，岁逢八十尚蒸蒸。
工程事故频频现，当下谁怀茅以升。

孤山林和靖墓

同心罗带了无缘，鹤子梅妻二十年。
一品孤高谁企及，墓前山外水连天。

孤山秋瑾墓

辗转坟茔累十迁，西泠埋骨梦终圆。
愁人湖水鉴巾帼，碧血催开红杜鹃。

孤山苏曼殊墓

诗画情僧不世材，童年创痛积余哀。
杭城九上岂无意，换取孤山尺土来。

苏小小墓

翠屿桥头伴夕阳，慕才亭下土埋香。
六朝韵事千年颂，不负西泠山水光。

武松墓

自古民心有主张，休论真实或虚诳。
西泠桥畔英雄冢，人敬钱塘武二郎。

谒岳飞墓

尽忠许国垂青史，北伐班师见赤心。
白铁无辜山有幸，森森翠柏自成阴。

于谦墓

狂澜力挽敢忘身，质比石灰清白人。
社稷勋功多枉死，从来青史愧忠臣。

盖叫天墓

杨公堤上绿阴浓，掩映江南活武松。
三字侵眸学到老，此时最合仰高峰。

张苍水墓

王张无碍夜台青，高节清辉照杳冥。
悠远疏钟共忠魄，残阳如血洒南屏。

注：为避清廷耳目，张苍水遗骨秘密安葬，康雍七十余年中被称之为“王先生葬处”，夜台即坟墓。

章太炎墓

巅峰造诣已难逾，国葬高规酬宿儒。
牧圉紧邻苍水穴，同辉节义满西湖。

注：章生前敬慕张苍水，曾言“生不同辰死当临穴”。

孙花翁墓

迁客辞官来葛岭，西湖终老作花翁。
坟头铁铸无人会，心向林泉今古同。

严子陵钓台

古来隐士总逃名，身入林泉放棹行。
严子心尘应未净，春江难让一身轻。

菩萨蛮·游富春江

江南人说江南美，如今人近春江水。水路看春江，江山春水长。
钓台藏翠嶂，风节犹回响。画卷眼中青，应亏严子陵。

游余杭良渚文化村

乘风出武康，怡然赴良渚。绿水入笤溪，青山接天目。
失约晓书馆，恣情新热土。车过美丽洲，人游玉鸟路。
小镇散风情，竹径传茶语。时尚可知今，馆藏能识古。
感知光电声，布局真巧趣。遗址现古城，中华始先祖。
穿越五千年，文明呈高度。诗意新余杭，栖居此独步。

参加天目山大峡谷冰川纳凉节有记

穿插乱山中，苍穹接清翠。天目生余脉，浙西多活水。
冰川留石谷，瀑布叠相倚。乱石散谷中，形态千般异。
峡谷总幽深，清凉自无比。适逢梅雨至，幸有长廊庇。
耳际流泉响，池中众童戏。静闻天籁声，坐看岚烟起。
恍若化外人，已然尘心醉。万般尘世扰，化作山林意。

· 湖州 ·

游莫干山

车行莽莽壑林边，山道千旋向翠巅。
散落如星老别墅，消弭似水旧尘烟。
古今风致赚青眼，高下人声近白泉。
绿海莫干销挂碍，倏然已是夕阳前。

湖州南浔印象

南浔弃俗渐归真，乘兴同游舒碌身。
小镇千年留客步，幽庭几处静红尘。
身边贪看人成景，河畔徐行景衬人。
细雨缠绵冬意在，心中却是已回春。

过张静江故居

晚景斋门可罗雀，谁知身后倍荣光。
伟人二字翻云手，桑梓百年尊德堂。
分象有心佐孙蒋，散财纾难誉中洋。
水乡今日怀霜剑，微雨权当酒一觞。

桐乡乌镇印象

一卷江南新画册，无疑封面是乌墩。
篷船欢唱载千客，玉带环流枕万门。
质朴民风渐消失，天真童趣可重温。
东西两栅萦心底，寅夜悠悠劳梦魂。

注：乌镇古称乌墩。

嘉善西塘古镇二律

春风一路赴西塘，向晚霏微秋雨凉。
眩目霓虹生幻影，枕河客栈接长廊。
酒吧街震劲歌舞，烧烤店连灯海洋。
越角人家少恬静，今宵不忍细端详。

几弯河道乌篷影，千载廊棚古石桥。
市语熏烟行渐重，安恬静谧正潜消。
眼前秋水人深爱，昔日西塘境已遥。
还是垂柳最闲适，随风卖弄绿丝绦。

德清新市古镇

一条玉带通南北，璀璨明珠耀古今。
触目运河呈乱象，怡人水弄暖初心。
石桥百座遥相对，商铺千家少客临。
名盛名微皆有憾，半为惊喜半沉吟。

吴门诗社癸卯年桐乡雅集分韵得“无”字

车辕犹是费踟蹰。三载自囚形渐枯。
有约春杯鸣凤集，怡人淑气旷怀苏。
从来风雅生情趣，毕竟湖嘉似画图。
于我见贤心境里，尘纷顿失转虚无。

西塘印象二首

深秋古镇绿趋暗，落日西塘红至酣。
千载廊棚聆桨橹，江南人更爱江南。

一弯碧水画桥影，两岸馆堂皆枕河。
越角如今少恬静，耳中买卖叫声多。

莫干溪谷春夜漫步

路灯寂寂月昏黄，林下微风透嫩凉。
蛙鼓虫鸣时起伏，始知山夜韵悠长。

咏莫干溪谷农耕文化风光

耕读渔樵收一囊，桃花源里久徜徉。
莫干溪谷真山水，深信武陵为武康。

注：武康是德清古称。

过德清防风古国遗迹二都村

下渚湖青销国界，防风山老布遗痕。
二都古韵氤氲里，治水英雄尚可温。

初入莫干溪谷

绵延苍翠隐山形，修竹黄花夹道迎。
身置清凉人世里，莫干溪谷自含情。

咏莫干溪谷

楼层簇簇隐云根，如画田园处处痕。
人在莫干溪谷里，翻疑已入武陵门。

莫干溪谷高洪冲水库

一雨百溪不算多，百溪汩汩汇成河。
大山腹地新风景，幽雅亭台映绿波。

咏武康孟郊祠

低矮小祠堂，萧然隐道旁。炉存灰尚热，座立像犹黄。
故土遗存少，诗因况味凉。再吟游子句，一句一回肠。

清平乐·霅溪

溪风如扇。闲步垂杨岸。月影婆娑灯缱绻。云动清波又乱。
今宵短暂停留，偶来一笛清秋。天目双溪汇处，飘零人爱湖州。

注：东西苕溪流至湖州市区汇合称霅溪，入太湖。

清平乐·衣裳街历史文化街区

霅溪清澈。埠外人声沸。九曲弄前堪细阅。古朴依稀复活。
三吴渊薮之邦，一街凝聚沧桑。更有千年不变，溪声柔橹斜阳。

· 衢州 ·

衢州烂柯山

但从山作石梁始，此处天公或有私。
丹洞聆风融绿处，樵夫烂斧遇仙时。
忘机羁旅双青眼，就地楸枰一翠池。
暑气清凉忘归久，徘徊无语对枯棋。

咏仙霞关

岭接仙霞路几旋，振衣勉力自追攀。
碑文漫灭幽深里，磴道延伸起伏间。
千载烽烟遗战迹，四门豁达铸雄关。
依稀闽越侵眸底，叠嶂流云合破闲。

咏龙游石窟

一夜鹰潭作暂留，再携好梦赴龙游。
壮观地下频惊艳，辽阔空间正豁眸。
有惑心旌随意展，无端想象恣情流。
卅年面世堪回首，奇迹风华不可求。

龙游石窟

衢江环绕神威迹，姑蔑长留旷世奇。
惊世真容承众说，闲游皆已变猜谜。

注：龙游古为姑蔑国。

江郎山

如削三峰拂暑流，山川百里眼中收。
丹梯拾步徜徉处，一线天前豁醉眸。

廿八都古镇

千年古道仙霞岭，百姓风情廿八都。
锁钥枫溪迎晚照，边城故事佐残壶。

·绍兴·

诸暨西施故里

传说沉鱼貌，浣江难证明。溪流千载远，水蕴万山清。
饱览苎萝色，遥思古越情。莫将灭国罪，强与美人名。

游沈园赏《沈园之夜》

春波亲老柳，竹影傍空轩。口诵钗头凤，人游沈氏园。
哀深夜无际，愁重月生痕。挚爱越千载，台前又可温。

登会稽山谒大禹陵

越城山竞秀，禹穴绿成围。拾步忙挥汗，登高先振衣。
时人爱巨像，杂味漫心扉。名显谁相配，价高方不违。

咏绍兴兰亭

千秋传雅集，今日赴山阴。翠樾流觞境，碑亭修竹林。
鱼游动莲叶，鹅戏畅烦襟。景仰先贤久，逡巡踏迹寻。

蔡元培故居

蕺山笔飞弄，小巷自纵横。像肃犹端坐，宅深近正声。
文中思泰斗，故里念先生。踯躅忘归去，心牵此越城。

曹娥庙

舜耕山色晚，天雨正潇潇。楼殿犹高古，柱梁多细雕。
孝传千载女，风咽一江潮。诗文随处见，应能慰寂寥。

新昌天姥阁登眺

一夜清明雨，鼓山新绿多。凭栏追古意，寄慨引长歌。
天姥送青至，剡溪流碧过。唐诗路上客，半日易消磨。

喝火令·沈园

近谒情怀久，名园岁月长。夙怀今日得亲偿。词壁旧题新读，一梦渺茫茫。

踯躅空回首，徘徊说断肠。此身此地倍堪伤。一曲沉吟，一曲瘗情殇，一曲柔肠婉转，无语自凄凉。

·宁波·

雪窦山

雪窦绿浓处，临风怀抱宽。危岩飞一瀑，云壑散千湍。
寺古宿名远，山深幽径寒。妙高台驻久，天地合凭栏。

宁波老外滩

千秋起航点，丝路越重洋。财集三江处，滩迎万国樯。
纵横铭史册，出入仗商帮。一段百年辱，游人或已忘。

宁海前童古镇

车驾出宁海，镇前乡道弯。依山村寂寂，绕户水潺潺。
人在云天下，神游今古间。身心已陶醉，此处合偷闲。

天一阁

冒雨寻真脉，荷风梳月湖。几间闲宅院，一阁自文枢。
集护事多舛，传承道不孤。百年凝半日，每惹客长吁。

河姆渡遗址

遗踪生僻地，辗转渡梁津。居住干栏巧，耜耕薪火因。
姚江流渡口，沃土育先民。豪雨织天幕，聊堪为洗尘。

慈城

一片清灵水，千年古县衙。长街明似镜，小雨薄如纱。
行走助开眼，乡邻乐奉茶。向为慈孝地，恬静不须夸。

镇海招宝山

甬江流入海，海水迫青山。踞险建城郭，凭高控港湾。
烽烟陈迹久，盛世白云闲。天际苍茫处，游心久不还。

蒋氏故居行

古木垂武岭，潆洄流剡溪。祠堂兼居室，次第看端倪。
楼轩巧相接，廊庑回护持。绝佳布局处，风水自可期。
江南世家第，徘徊犹觉奇。门庭斑驳日，富贵逼人时。
犹记三下野，静伏待其宜。溪口控大局，伺机决雄雌。
惜无回天力，终于海岛栖。大势趋一统，江山罢支离。
楼空人去后，院草何凄凄。人非物仍是，事易因时移。
风雨七十载，弹指倍嘘唏。大毁与重建，个由人所知。
向为晴雨表，今作印钞机。丰镐房中客，久伫有所思。

·温州·

温州文成县百丈漈记游

烟岚隐约自摩天，细雨循踪上翠巅。
一路随心缘峭壁，两峰着意泄飞泉。
声传百丈悬河外，人立三层碎玉前。
山水文成留绝响，此间本合住神仙。

过文成县北宋宰相富弼故里梧溪

晴暖畲山向午时，侵眸春树碧参差。
清流漱石梧溪水，翘脚飞檐相国祠。
肱股四朝凭学识，蛮夷两赴拒狼师。
更兼廉洁传佳话，车过潺湲再望之。

注：富弼，历仕宋真、仁、英、神宗四朝，累官至宰相，有廉名。晏殊之婿，仁宗时两次挺身出使契丹。

咏刘基故里武阳村用吴门诗社丁酉文成雅集拈韵得“鸿”字

文成雅聚有飞鸿，客发帝都寻旧踪。
山路延伸青嶂里，故居偃卧绿丛中。
利名到口皆无意，富贵临头大不同。
人处高寒凭智识，可将旧事问村翁。

文成安福寺听达照方丈讲禅

天圣山前钟鼓轻，禅堂寂寂对苍冥。
洗心妙语能开悟，沁鼻茶香助听经。
暂脱红尘三界远，纷飞花雨六根宁。
浮生半日抱诚坐，已是伽蓝入眼青。

文成安福寺方丈达照法师赠书《退一步并不难》有记

平生性僻少参禅，天圣山边结佛缘。
笔底珠玑呈异彩，口中智慧汇佳篇。
洗心一卷能修己，退步三思是向前。
尽说贪嗔遗憾恨，无人当下隐林泉。

安福寺随众僧进素餐

僧俗当真不一般，小从吃相看杯盘。
诵经声起舒心智，止语人聆待素餐。
此际陈规生肃穆，平时陋习去艰难。
安然食尽能知味，应晓并非肠胃宽。

咏文成铜铃山森林峡谷赏壶穴奇观

天地含元气，苍茫郁东南。东南多叠嶂，时刻青眉弯。
春深愈寥泬，云蒸自悠闲。无边山作岸，峰峡驻其间。
铜铃清秀外，大美不待言。行之最高处，山路自盘旋。
驻车下木栈，每每觉胆寒。万壑汇涓流，水流成急湍。
蓦地一奇景，高瀑挂前川。素练眼前落，碧玉陷深渊。
万年成壶穴，今日为大观。蜿蜒一深峡，清新十八潭。
潭潭相续接，瀑瀑挂巉岩。怪石千百种，万古得浑圆。
清寒生涧底，爽风起林端。隐隐龙吟啸，偶尔挂啼猿。
天路望已断，云栈断复连。人暗万千树，魂惊峭壁沿。
足蹩疑路尽，照影水中天。天小青山大，我也小泥丸。
曾诩腰力健，此时推笑谈。脚下施全力，心中兴半酣！
文成佳山水，已然种心田。离家千里远，始觉迟登攀。
归来犹不足，留待再续缘。

注：壶穴又称“深潭”，“瓯穴”。山区湍急水流挟带砾石，在岩性软弱处冲刷、旋磨形成的深穴。

水龙吟·吴门文成雅集归来步刘基韵

客情不限萍踪，铁龙直向东南表。江流澄碧，岜城叠翠，群峰环绕。丝雨多情，山岚含黛，茶烟微袅。恰经年又见，吴门有约，相知意、知多少。

三日神仙逆旅，记相逢、世间真小。安福听禅，南田怀古，诗情难了。白发红颜，青罗碧玉，齐倾春杪。且从容回首，将诗兑酒，待东方晓。

· 嘉兴 ·

过路仲古镇朱淑真故居

杂蒿衰苇乱庭门，朽阁颓楼破败身。
端坐幽栖亭上客，渟溪来访断肠人。

南湖红船

龙蛇相继水流东，昔日风雷消乱空。
毕竟嘉兴启天地，乌篷画舫敢称红。

登南湖湖心岛烟雨楼

翠螺浮水入眸青，画里楼台一角迎。
春日登高溶梦境，烟波柳岸两分明。

· 台州 ·

临海江南长城

蜿蜒起伏似龙身，心系多年积慨真。
久踞浙东防巨寇，非同塞北却胡尘。
从来守土难凭势，自古安邦在用人。
山水相依千载过，灵江环抱又经春。

注：灵江为浙江第三大河，仅次于钱塘江和瓯江。

温岭水桶岙徒步

拍岸惊涛长不绝，锁山浓雾渐潜消。
杜鹃烂漫妆青嶂，峭壁嵯峨近碧霄。
人在松门心缱绻，春深东海景妖娆。
终成水桶岙前客，留影亲沙戏浪潮。

天台山霞客古道徒步

向慕徐霞客，今来古道行。天台多圣迹，隋寺自高名。
挥汗春衣振，拾阶溪水清。乐为山野者，早已远营营。

华东篇之五：江西省

· 南昌 ·

辛丑年暮春登南昌滕王阁

襟带洪州列眼前，苍茫暮色压江天。
流丹廊道连凫渚，入夜涛声送客船。
回首屡经兵燹日，倾心独步子安篇。
云霄伫立迥高处，凭槛凌风一泫然。

注：王勃字子安，有《王子安集》传世。

南昌八一广场

驱驰千里赴南昌，入眼霓虹次第张。
暮色笼城犹沐雨，高碑记事正流芳。
亲临红色无双地，长味神州第一枪。
见证军旗升起地，此间最合阅辉煌。

夜游绳金塔

灯光变幻暗尘寰，剑势森森欲刺天。
俯瞰长街连市井，毗邻滕阁共云烟。
人头寥落唯忧世，门面萧条已积年。
唯愿浮屠能庇佑，生民富足好绵延。

· 九江 ·

登庐山

盘旋辗转没葱茏，奇秀匡庐入望中。
长伴一湖山耸峙，深藏百谷水丰隆。
峰峦松涧多飞瀑，寺墅人文青客瞳。
最喜徜徉牯岭镇，寻幽访古问鸿蒙。

三叠泉

水帘三级梦深耽，幻彩五光侵蔚蓝。
滚玉抛珠九天洒，摧冰拖练共沉酣。

牯岭镇

含鄱口外仙人洞，五老峰前三叠泉。
花径琴湖童话镇，桃源世外在眉边。

庐山上观电影《庐山恋》

云端小镇有奇观，单片长红四十年。
纵情白日山水乐，晚来影院又随缘。

·景德镇·

过浮梁古城

香山诗句识浮梁，暇日相寻瓷器乡。
红塔巍巍欺岁月，古衙寂寂傲风霜。
名城佳境今先入，丝路辉煌尚未央。
最爱此间秋色调，白云青嶂共斜阳。

绕南古瓷遗址

绕南溪水清依旧，古木葱茏织绿裳。
莫怨苍凉呈一片，瓷源昔日最辉煌。

瑶里改编纪念碑

烽火越三年，往事随流水。苍翠染狮冈，丰碑矗瑶里。
身沐古风情，心系红土地。耳际起松涛，应是说铭记。

汪湖原始森林

难描绿意盛，却晓客怀苏。眼底千溪澈，林中万物殊。
群峰锁村落，野语出汪湖。人在桃源里，乡心在旅途。

瑶里古镇印象

近堪聆碧水，遥可眺狮冈。名镇留身影，秋心疑梦乡。
丽江生赣北，古韵漫浮梁。风未随时老，依稀土菜香。

·鹰潭·

重游龙虎山

清晨作别吉安云，龙虎山前又现身。
一水泸溪心再许，千弯栈道梦重真。
道家洞府成鸡肋，竹筏丹崖亲故人。
路远倩谁怜倦客，偷闲元不避征尘。

龙虎山正一观

究竟祖庭非一般，氤氲紫气伴云闲。
我将倦眼勤揩拭，无奈看山还是山。

泸溪河漂流

身临佳境岁阑珊，风劲灵槎不畏寒。
眼底群峰连倒影，青莲簇簇引人看。

泸溪河绝壁升棺表演

此处泸溪汇客流，徐徐棺木夺青眸。
今人偏好“官财”意，直送欢呼上斗牛。

无蚊村

名倾遐迩号无蚊，临水依山绿掩村。
疑信相参懒求解，欣看民众脱穷根。

平安夜宿贵溪龙虎山脚下

岁之杪兮，天之萧索。夜之临兮，霓之灼灼。
旅之羁兮，心之落落。凉飕起兮，人之瑟瑟。
瞻彼信江，流澌汤汤。瞻彼丹山，隐约巉岩。
瞻彼衢陂，宴之熙熙。瞻彼四围，昂之巍巍。
山水寄情兮，乐我凤泊。宠辱忘怀兮，安我蜗角。
事之有定，遑争弱强。蚁阵蜂衙，溺之有伤。
贫兮贱兮，其度无常。权兮势兮，其域有疆。
富兮贵兮，其乃云乡。功兮名兮，无我何妨。
瞻彼华裳，故我敝服。瞻彼华堂，故我陋屋。
瞻彼嘉山，慰我碌碌。远彼尘思，襄我慎独。

· 吉安 ·

辛丑春暮再上井冈山

穿山越岭向茨坪，翠竹侵眸不改青。
但有雨丝非旧貌，其余风物是曾经。
倾心起伏绿千嶂，瞩目飘扬红五星。
夤夜忽听军号响，遐思相接入苍冥。

小井村曾志墓

寻常一块路边石，色泽犹存旧日艰。
耳际惊风涛阵阵，林间积雨水潺潺。
怕听苦战事难忘，忍忆生平泪欲潸。
辗转梦魂归故土，终究不舍井冈山。

茨坪挹翠湖公园

旧居新馆列西东，苍翠环湖拥碧空。
游目此方红土地，就中最爱映山红。

黄洋界保卫战

驱车山道曲，破雾指苍冥。战地硝烟息，功勋碑碣铭。
势穷期险胜，境窘变常形。今上黄洋界，犹闻草木腥。

小井村红军伤病员烈士墓

小井苦春雨，犹如泪不停。鲜花依墓列，翠柏向人青。
忍把红军忆，合当青史铭。牺牲何所惧，细节不堪听。

大井村将军峰王佐墓

井冈眸底青，高冢刻英名。惊世前尘起，连峰浩气盈。
红花流血色，绿叶蕴悲情。日夜风铃响，依稀说不平。

井冈山茨坪镇

重峦四面合，挹翠一湖横。触目红风景，皆经血染成。

大井毛主席旧居

红米南瓜地，风云大井村。侵眸陈迹在，往事又重温。

咏文天祥纪念馆

贰臣代代有，节义宋朝多。重笔垂青史，千年正气歌。

过白鹭洲书院

赣水一洲分，令名千载闻。只身遗孤兴，空院对斜曛。

·上饶·

至玉山适逢李如意得空驾车同上怀玉山顶

绿浪穿梭向险峰，轻车叠嶂越千重。
盘旋隘道天开画，清冽流泉云荡胸。
故友闲来作尘侣，役身老去伴乔松。
临行怀玉山前约，何日再寻鸿雪踪。

游三清山

朝阳初现众开颜，山露真容隐约间。
海岸东西呈画境，丹梯上下接尘寰。
雾云有意新晴好，名利无心镇日闲。
翠浥三清销溽暑，烟霞一袭伴回还。

三清山游后于玉山火车站旁与如意阿紫小酌而别

游罢仙山下玉京，得闲小聚畅生平。
层峦在望风烟细，客意浮杯霞霭明。
向晚千言难尽兴，临岐一握不胜情。
云边暮色催行色，吴越天高犹湛清。

注：玉京为三清山主峰。

再游三清山夜宿金沙索道站旁的华克酒店

曾陟三清百感深，得闲春日又登临。
天生巨蟒吐蛇信，石化女神娱客心。
栈道高低人尽许，远峰浓淡画能寻。
夜来独向山门去，汩汩溪流空谷音。

再上怀玉山，山顶乃方志敏烈士纪念地

依稀半日远尘寰，百折盘旋上翠巅。
嵽嵲高山能隐豹，沧桑尘俗易忘年。
园呈烽火清贫事，碑记艰危征战篇。
再次置身红土地，倩谁何以慰先贤。

婺源上河古村

归心亭外话从头，渡口淙淙婺水流。
身入巨型风景画，画中来品古徽州。

上饶望仙谷随笔

新创赖人力，尤多造化功。矿坑逢伯乐，豪气赛元龙。
财借抖音力，景成联网红。路前山隐隐，峡口水淙淙。
民宿悬崖上，客潮幽谷中。林深匿鸟迹，溪响伴行踪。
店肆开蹊径，招牌显寸衷。终于升夜色，更可赚青瞳。
栈道为连线，长桥若彩虹。依稀乎阆苑，仿佛在琳宫。
璀璨炫光密，氤氲仙味浓。一方清朗月，四面自然风。
昼夜已交换，乾坤正混融。游心本难测，绮愿总相同。
失望常拥有，骋怀非易逢。置身星灯下，疑是入苍穹。

华东篇之六：福建省

登武夷山

难为脚下路千盘，快意平生有此观。
九曲飞歌讴水碧，万峰竞秀掩山丹。
心倾闽越嗔云遮，雾断南天觉夏寒。
域外尘间寻景客，归来犹自几凭栏。

霞浦日出

晨曦未起雾犹稠，次第人声集海陬。
俄而远天鱼肚白，继之平地火轮浮。
弥空云水景频换，悦目滩涂影渐柔。
名动寰球源出处，北歧风物动神州。

游嵛山岛体验帐篷过夜

时机在即不需求，跨海凌风踏浪游。
碧水黄沙新秘境，天湖草甸小瀛洲。
光投暮霭帐篷艳，风播晚凉篝火柔。
静谧听涛孤岛夜，嵛山露气已先秋。

咏武夷山金骏眉

小种添新桐木关，东君偏爱武夷山。
盏浮春色风情里，掌捧奇珍际遇间。
香雾逐人自青眼，金汤醉客总开颜。
陶陶对饮氤氲处，爝火烹泉合破闲。

注：陆游《春日》诗：排闷与儿联小句，破闲留客战枯棋。

南普陀寺洗心池

五老氤氲捧镜池，风过碧树水参差。
人人争向临波照，能洗尘心未可期。

卢琦故居

峰尾出良吏，世传卢永春。居官多减赋，教化重安民。
孝义人皆爱，威行盗自新。故居六百载，差可慰贤身。

海礁卧佛

疑谁施鬼斧，却是自然工。踞石扬村貌，听涛藉海风。
水雕千载佛，名动一朝功。峰尾天成景，于今大不同。

沁园春・厦门胡里山炮台怀古

岛涌清凉，海送腥风，锈蚀炮台。正白云缭绕，投山映海；红夷静卧，过雨经雷。岌岌清廷，攘夷有仗，购得西洋大炮来。凭空望、任疆封海锁，浪去波偕。

无言孑孑徘徊，却是那、沉思唤不回。叹百年过了，功名未立，炮身仍在，机会难追。破碎河山，忧伤故国，多少豪情碾作灰。心旌荡，只苍茫四顾，热血生哀。

石州慢・集美

搏浪惊风，越洋商海，渐成基业。心牵宇内烽烟，御侮捐输无绝。示人垂范，集美厦大初兴，抛家办学声名越。建国适高龄，更频倾心血。

欣悦。华侨翘楚，碧血丹心，一纸难结。遗爱人间，克己一生清骨。隘关几度，只求公益先行，争当华夏军前卒。万举汇仁风，树中华圭臬。

华东篇之七：上海市

上海印象

悠悠黄浦隔西东，不必潜心觅异同。
错落高楼浮蜃影，辉煌灯海比仙宫。
魔都富甲神州内，沪渎名传寰宇中。
每次俊游劳健足，繁华处处合青瞳。

黄浦江夜眺

楼压申江势偃倾，洋场今昔为谁兴。
云开暮霭青双眼，风动波光碎万灯。
天际线中陆家嘴，苏州河畔众阶层。
置身白渡桥头客，摄尽芳华惜未能。

为上海清平月兄弟寿

客里韶华春去时，良辰侵梦幻如丝。
凭栏难忘身羁旅，望月常怀君别离。
缘分应无钱可买，相思岂有药能医。
神交纵是音书少，一片冰心两地知。

访陈云故居

练塘清水养清身，心系黎民敢较真。
一代核心生此地，来追经济奠基人。

咏枫泾古镇

江南多古镇，闲暇巧追寻。一枕堂前客，醉眠亭上琴。
碑分吴与越，廊接古和今。但爱枫溪夜，夜灯舒旅心。

华东篇之八：宝岛

阿里山

梦萦阿里山，神往几经年。
旦暮生云海，溪林起绿烟。
群峰齐拱翠，巨木各参天。
窄轨驶深远，犹将明秀牵。

日月潭

一潭分日月，四季迭风光。
塔览九层上，波生万顷凉。
归舟徒叹羡，涵碧共沧桑。
列岫披霞彩，空青浸夕阳。

外婆的澎湖湾

岛群横海峡，千载起烟村。
风轻催白浪，步缓入黄昏。
薄暮消湾浦，沙滩乐祖孙。
澎湖歌一曲，心底尚能温。

宝岛印象

渊源上溯到夷洲。两岸相交未断流。
长陷异邦沉痛史。孤悬海外别离愁。
团圆先要振家国。一统还须靠智谋。
时局待观凭冷眼。应知未雨要绸缪。

厦门游轮上遥望金门岛有感

鹭海胥涛两控弦，金门谁谓最前沿。
情争手足还乳及，地坼炎黄总血缘。
回首应思停炮火，经年已惯净硝烟。
是非檄讨频侵眼，妙有洗心池水牵。

马英九 823 金门讲话

金门僻远事无穷，两岸牵心感此中。
山色难因岁月改，硝烟早已水云空。
昔年相阅惊寰宇，今日闻言沐暖风。
五十年来一回望，和平原本是初衷。

·海南·

咏三亚天涯海角

涛拍椰林正晚风，苍穹如洗水浮空。
望眸深处云连海，丽日斜时碧转红。
潮落潮升牵浪漫，石明石隐转朦胧。
银滩细软招追戏，齐向南天一柱中。

海南陵水黎村苗寨

林幽路远不辞辛，陵水峰峦蔽岛民。
清翠槟榔呈簇簇，婆娑椰影现频频。
惊看火海刀山阵，初识黎村苗寨人。
原始风情透神秘，不知旧俗几分真。

南岛礁风云有感

珍珠点点隔云山，虎视年年有百蛮。
我显仁心存厚德，谁知黑手犯慈颜。
九重图画筹戎策，一袭剑旗飞玉关。
龙战曾经寒敌胆，罡风待向海天间。

博鳌亚洲论坛会址

万泉流碧汇南海，一地蹿红凭论坛。
东屿岛前相望久，平台毕竟是高端。

临高百仞滩

滩头百仞似人头。正是文澜江下游。
幽壑瀑声传绝响，无边浩荡泼天流。

亚龙湾

闲暇出尘寰，飞来三亚间。蔚蓝清澈水，绵软白沙滩。
倒影云舒卷，侵眸浪去还。椰风销块垒，难忘亚龙湾。

万泉河

帆影随风处，蜿蜒生大观。一河长锦带，两岸碧层峦。
水澈牵山海，林深耐暖寒。神州亚马逊，最是值凭栏。

南山大小洞天

登高见石船，福地洞相牵。千载真人府，一方长寿天。
满山松不老，半日客成仙。小憩沙滩上，听海枕涛眠。

咏解放军解放海南登陆地临高角

刹那起狂澜，犹怀北部湾。红旗携利剑，岬石证时艰。
卷席三军进，追逃一岛还。临高角前客，踏浪享清闲。

·港澳·

皇岗口岸过关

遥看紫荆旗，迎风飘若素。十万过关客，摩肩晨到午。
香江弹丸地，未入心先堵。冷眼此大观，翻疑真皇土。

香港印象

局促日间窘皮相，辉煌夤夜亮新装。
迷人之处俱在此，欲拒还迎乱主张。

尖沙咀海滨长廊

港阔水深廊道长，沧桑之外觅辉煌。
星光大道堪游目，不负孤身来一场。

夜上太平山顶俯瞰

恍如璀璨万千星，入夜随车融窈冥。
情浸香江缘此夜，心霾一扫得安宁。

九龙尖沙咀

九龙焦点百年歌，港岛南天浮碧波。
一颗明珠光耀眼，荒芜村落未蹉跎。

维多利亚海港

波光灯火各雍容，分割香江与九龙。
港口码头喧日夜，此间最爱是葵涌。

注：葵涌音 Kuí Chōng。

海洋公园

依山傍水路盘旋。转塔升梯看海湾。
低轨箱车过深隧。欢呼表演馈身闲。

香港回归纪念碑前

璀璨珍珠久覆尘，今看已是百年身。
殖民耻辱一朝雪，你我皆为圆梦人。

紫荆花广场

华灯明月晚风轻，暮色中来看紫荆。
灵感内涵任猜想，信它两制伴前行。

澳门印象

岛雄景丽夏风轻，地少人多擅富名。
游子归家重入抱，个中杂感不胜情。

注：屈大均诗："广东诸舶口，最是澳门雄。"

雨中观澳门大三巴

雨中傲立倍萧条，凸显时空一地标。
倦眼风云四百载，巍峨残缺自风骚。

威尼斯人度假村

豪奢迷幻景多元，异国风情难尽表。
暗赞惊疑杂相仍，我亦当回刘姥姥。

澳门妈祖阁

层层楼阁法中原，面海背山成大观。
来者无非存绮愿，征帆出入盼安澜。

澳门大炮台

参天古木自幽深，堡垒铜钟小碧岑。
御侮台前陈重炮，排排炮口正森森。

澳门历史城区

几处庄严新阁庙，一方斑驳旧城墙。
追寻文字和遗迹，最爱牌坊大教堂。

澳门博物馆

中西藏品汇多元，见证风云四百年。
泛泛一方环砥石，轻轻落在我心田。

注：环砥石是澳门博物馆镇馆之宝。

金莲花广场

遥看铜柱忆从头。四百年来去国愁。
自信已能修禹迹，莲开盛世固金瓯。

·广东·

游东莞袁崇焕故里石碣镇

东江清澈洗鸿蒙，养眼南天一梦中。
故里山河招毅魄，园中客旅仰英风。
谁怜国祚身心系，自毁长城今古同。
四海尚需多猛士，靖边固土赖精忠。

注：袁崇焕是东莞石碣镇人。位于珠江支流东江畔。

游虎门销烟遗址

销烟池水映苍穹，盛况当年遗迹踪。
南粤初掀新壮举，庙堂总踞老昏庸。
英雄多是悲情客，遗址应为警世钟。
人到虎门难淡定，幽怀景仰两相从。

过虎门大桥

长虹海口卧波澜，巨浪曾经高接天。
百丈铜关横链锁，一江战舰挟硝烟。
茫茫云堑堪追忆，滚滚车流可纪年。
放眼远空帆影处，几方清渚自悠然。

注：清道光年间，林则徐带领虎门军民筑起了百丈铁链横锁大江抵御来犯之敌。1841 年春，英舰从此海域发炮，虎门守将关天培为国捐躯。

游博罗县罗浮山二首

云下罗浮满目清，炎炎夏日赴朱明。
山藏古观和新馆，诗系前贤或后英。
渐上渐行佳木盛，且聆且赏鸟声轻。
岭南此际添真趣，十万青葱入窅冥。

三百岫横生绿烟，幽林小憩不需钱。
登高读石忘同伴，缘壁留声似少年。
祓濯世尘千里外，痴缠胜境一山前。
诗情汩汩随心起，漫洒罗浮好洞天。

游惠州西湖

玉塔苏堤相对横，苎萝西子妙天成。
涵山碧水生清画，投影白云期结盟。
九曲桥头留恋客，六如亭畔颂诗声。
甘棠遗爱难描就，但任莲波触性情。

咏深圳大鹏古城

蜿蜒幽巷对苍穹，斑驳残垣岁月功。
异代烟云痕迹在，百年荣辱梦魂中。
海风难蚀辉煌史，颓壁频青游客瞳。
今日鹏城缘起处，将军府外海门东。

深圳大梅沙

艳阳炙烤大梅沙，曲岸闲云南海涯。
碧水同开饺子宴，脸庞争现喇叭花。
岭南频惹三生愿，好景难辞万里赊。
一幅自然风景画，随波尽兴泛浮槎。

中英街随想

百年耻辱成标志，差可人文作景观。
万水千山不辞远，一街两制等闲看。
游心争向沙头角，祸患多生南海端。
别有风光呈日夜，大军购物似狂澜。

深圳蛇口赤湾公园附近访南宋少帝陵

四合高楼压小陵，方圆局促对伶仃。
萋萋墓草排空绿，猎猎銮旗泅浪腥。
崖海潜龙嗣黄裔，赤湾延祀暗苍冥。
可怜九岁真天子，只享南天一点青。

注：少帝陵是南宋小皇帝赵昺的陵墓，面对伶仃洋，是广东唯一帝陵。

广州海心沙

岭南此处最妖娆，气势干云迫九霄。
沙渚方经大阵仗，风流已属小蛮腰。
廿年隐市珠江上，一夕成名四海昭。
应谢官家砸千亿，改天换地换扶摇。

注：珠江江心沙洲海心沙，2010 年广州亚运会开幕式举办地。据传花费 1226 亿，隔江是“小蛮腰”世界第一高度的广州电视塔。

参观黄埔军校随笔

倾情革命自由花，热血青年汇一家。
黄埔滩头销岁月，长洲深处育龙蛇。
以身许国全无畏，同室操戈实可嗟。
昔日风云难尽表，丰碑贯日已难遮。

咏广州陈家祠

雅俗相成汇一门，玲珑纤巧与谁论。
陈家书院呈精粹，南粤风华缘慧根。
心系题材难尽数，情追工艺值重温。
往昔风云思尽表，不悔花城拜旧痕。

注：陈家祠是广东保存较完整的富有代表性的清末民间建筑，原称陈氏书院。

咏广州越秀公园

五羊献穗久流传，镇海楼成王气迁。
荒僻炮台系荣辱，庄严碑墓聚云烟。
满山古迹和新迹，一步千年或百年。
广府精华凝越秀，难忘南粤这方天。

谒黄花岗七十二烈士陵园

苍松微雨起涛声，碧血黄花眼底呈。
寂寞园中矗群冢，稀疏书上列芳名。
党人死难垂青史，将帅功成作狗烹。
忠烈忍分南粤土，游魂谁与说公平。

咏佛山祖庙

广府禅城一线牵，依稀祖庙近千年。
时光溶蚀门墙上，工艺飞扬雕塑前。
溯古追今看陈设，崇文尚武问因缘。
琳琅熠熠劳青眼，民俗民风倍觉鲜。

黄飞鸿纪念馆

望重声隆四海知，佛山亲拜大宗师。
庭前华发传狮舞，台上垂髫练站姿。
闻道传奇多杜撰，继承正义在当时。
馆中一派生机状，恍似光阴尚未移。

访珠海苏曼殊故居

命里半僧还半俗，才华惊艳集苏门。
禅心渐冷身世贱，情眼独青诗画根。
破钵狂歌空色相，红尘清泪杂脂痕。
黄泉孤旅谁为伴，独有西泠小小魂。

注：苏曼殊死后被葬于杭州西泠桥，与江南名妓苏小小墓南北相对。

游中山市翠亨村

一霎车尘诣翠亨，水程过了接山程。
村中汹涌神州客，心底流连羁旅情。
总是贫穷思革命，哪来富庶怨和平。
遥思南粤红土地，风气之先谁与争。

珠海印象

征帆已至粤之南，水气每同人气参。
情侣路中说渔女，景观带里醉晴岚。
山林每见皆深绿，天海久违同湛蓝。
洲屿连成珠串串，碧波镶嵌化青簪。

游江门市新会崖山二首

神州遍地染腥膻，傲骨忠魂难逆天。
万代皇权为笑柄，赵家疆域剩楼船。
式微王气销南海，悬日丹心化逝川。
人世沧桑浑几度，崖门激浪近千年。

车尘一路独趋南，梦底悠思久不戡。
二十万人魂所聚，两千里路梦相参。
依山碧水堙陈迹，近岸空祠作祭坛。
忍读廊间诗百首，无声热泪眼中含。

注：崖山距新会县城南约百里，东西两山之脉向南延伸入海，如门束住水口，故称崖门。崖门海战是宋元最后一战，宋亡。

咏开平碉楼（自力村）

点点游心不可羁，双眸终未负初期。
碉楼剑势思云接，岚影蛇形随日移。
客意无凭随处赏，人声向晚出村迟。
浮生此际难为别，况是荷塘香盛时。

深圳胡望江老师赠《望江诗选》

乍到飞鸿乍展开，墨香兀自迫人来。
心头畅品垂青意，字里欣聆吐凤才。
寒舍书山增璧玉，岭南诗海矗蓬莱。
近期每有舒怀事，容我频频说快哉。

广东挚珠赠玉《倚梅集》

压纸长吟带笑看，清芬卷帙敌清寒。
谁怜潮汕易安骨，梅共人香正岁阑。

广州光孝寺

天竺高僧弘法处，禅宗福地见慈颜。
世间净域无双地，岭表称雄第一山。

光孝寺瘗发塔

岭南弘法缘落发，顿悟禅开气象新。
一座浮屠参昔谶，菩提树下证前因。

光孝寺洗钵泉

洗钵清泉响，法音双耳舒。禅宗远播日，一苇渡江初。

·广西·

涠洲岛印象

路遥名却著，岁幼万年过。翡翠生南海，蓬莱浮碧波。
山岩姿态异，绿岛景观多。莫怪流连久，涠洲值揣摩。

涠洲岛妈祖庙

背依青石嶂，门对白沙滩。香盛人烟众，桅高海面宽。
归帆期细浪，出岛盼安澜。四望涠洲外，天水生大观。

涠洲岛汤显祖观海处（汤公台）

万里不辞苦，涠洲临峭岩。椰风块垒散，谪宦贰臣谗。
大美因谁识，诗心难自缄。远眸牵故国，应是望归帆。

归春河上乘竹排观德天大瀑布

一水连中越，两边青画廊。桂春江向晚，竹筏客生凉。
碎玉洒天际，鼓鼙传四方。飞流映夕照，物我两相忘。

观中越 53 号界碑有感

地势能分界，人情怎剥离。与欢倾国力，结怨忘兄慈。
悔意犹难识，蛇心已尽知。碑前杂多味，归去故迟迟。

8 月 9 日凌晨到达南宁

夜幕方消散，望中皆透明。扁桃夹行道，朱槿压群英。
百越千山秀，邕江一水横。雨过湿南国，正把客相迎。

过合浦

车头指北海，轮下出南珠。盛誉越千载，前尘佐一壶。
遥思逐臣苦，难觅客心孤。曾驻坡仙足，同行异代吾。

南宁访友不遇

山川南国秀，八桂俊才多。秉烛期消夜，论诗待放歌。
缘悭谁料想，时错自消磨。访戴归来日，仍思共碧螺。

通灵大峡谷

靖西起新景，五峡出深闺。树密遮行道，山高多谷溪。
暗流时隐现，洞瀑巧相栖。最是难描处，晴云雨一犁。

北海银滩弄潮

心牵北部湾，旅足取远道。银滩天下闻，今日知其妙。
细沙如腻粉，沙颜欺雪貌。暖水映银光，艳阳当空照。
万头攒动处，顿觉波浩淼。远眺天水间，顿觉人渺渺。
不畏腥与咸，徜徉水怀抱。挺身立潮头，不辞风大小。
水天共蔚蓝，流云若素缟。欣看潮来往，平沙见鱼跳。
椰风徐徐来，远帆待归棹。一步一回首，相离还相告：
此际了尘心，暂且罢烦恼。大美最无言，情思犹萦绕。

8 月 10 日涠洲岛午时逢鬻蕉老妪搭赠红豆 20 韵

绿岛晴无云，骄阳烤大地。但见往来者，人人披汗水。
龙钟一老妪，荷担在咫尺。黧黑且干瘪，气足诚不易。
香蕉趁新鲜，廉价鬻桑梓。逢人便相求，诚言为生计。
岛上少淡水，全凭苍天赐。所幸天有情，果香飘天际。
却愁果实丰，面上难见喜。丰欠皆有愁，增收向难致。
生怕香蕉贱，搭赠相思子。青蕉香袭人，红豆艳无比。
众人以为奇，不以寻常计。况有红豆美，争相掏钱币。
信怜蕉农苦，非关红豆意。处处价飞涨，不关涠洲事。
十斤值一元，香蕉贱如此。谷贱伤农人，此语当如是。
心中百味呈，对此难自抑。一腔不了情，归来化为字。

·河南·

洛阳怀古

转至神都感废兴，水席牡丹惊古城。
千窟龙门拥山色，几回马寺听钟声。
皆存金谷俊游念，谁忆铜驼荆棘横。
洛邑春风如有待，年年四月续行程。

开封印象

一座龙亭起汴梁，湖凭清浊识潘杨。
迹循铁塔连繁塔，名显禹王和帝王。
富丽东京趋鼎盛，文华北宋最辉煌。
黄河已是悬头顶，此乃千年大硬伤。

辛酉八月十二日凌晨四点由嵩阳书院始登中岳，历经两小时 42 分到达顶峰峻极峰

杳霭沉沉独自登，拾阶旅足正频仍。
啼晨声外犹闻犬，撕夜光中只见灯。
山浸熹微现高耸，人凭汗水助飞升。
穷通天地晓风里，峻极峰前看我能。

过汤阴岳飞庙

汤阴高暑气难清，翠柏红垣慰远行。
一庙精忠香火味，千年俎豆故乡情。
叩头宰相承人唾，端冕将军享盛名。
长伫碑林酣拜读，隔街歌舞正承平。

袁林

犹记垂纶作醉翁，百年旧事未成空。
风云一世生和死，节义千秋罪或功。
休管高坟似陵阙，总归乱世出枭雄。
魂归洹上初心外，寂寞斜阳西复东。

注：袁林即袁世凯墓。袁死后，袁克定想效仿历代帝王，把袁墓称为“袁陵”。当政的徐世昌明确反对说：“项城生前称帝未成，未曾身居大宝，且已取消洪宪年号，如果采取袁陵之名，实为不妥。林与陵谐音，《说文解字》上所载陵与林二字又可以互相借用，避陵之名，仍陵之实，这多好啊！”于是袁克定便弃“袁陵”而称之为“袁林”。

望邓州南水北调中线渠首

南阳风范此高标，一鉴丹江入望遥。
北去清流犹汩汩，西行红日自萧萧。
贪看此际长渠阔，猛忆当年铁臂摇。
壮举惊人又惊世，东方大国倩谁描。

谒荥阳李商隐墓

中原山水慰相知，人近荥阳难自持。
身入党争少机遇，手拏椽笔一宗师。
有情总被无情恼，本意多为曲意思。
百米诗墙犹历历，如茵墓草正离离。

商丘张巡祠

任凭毁誉名垂史，拜谒多因侠骨香。
应是大唐存厚德，撑天一柱在睢阳。

开封歌吹台

汴京半日客梁园，歌吹台前久绝喧。
禹庙贤祠新复旧，无边绿色似深言。

郑州黄河景区

巨像炎黄动九州，长河失势缓奔流。
官家手笔追超大，恣意花钱不用愁。

谒荥阳刘禹锡墓

十二牌坊连轨迹，千年岁月说诗豪。
从来孤傲堪自许，恰似檀山孤冢高。

桃花峪黄河中下游分界线

桃花峪外大河横，界线纷争是利争。
许我专心上高塔，静观潮落与云生。

注：中学《地理》把黄河中游和下游的分界线确定为孟津，而《黄河志》又确定为郑州市荥阳桃花峪。至今相关争论不断。

新郑黄帝故里

辗转中原一念纯，侵眸宝鼎拜先痕。
轩辕丘里传薪火，今日寻根愧子孙。

殷墟

废墟磅礴接恢宏，皆在洹河怀抱中。
古韵安阳如读本，可凭片甲破鸿蒙。

谒南阳医圣祠

仰视善医能至善，聊从此处拜峰巅。
中医千载式微里，人到南阳拜昔贤。

邓州花洲书院

亭台楼阁自清幽，一水潺湲抱院流。
最是盛名生绝响，传薪千载百花洲。

鹧鸪天·谒巩义诗圣故里

苍翠盈眸净俗尘，洛河水汽尚氤氲。诞生窑里几凝望，笔架山前一怆神。

故乡月，巩梅春，且从诗句觅诗魂。莫嘲年齿徒增长，许我重归追梦人。

注：巩义市南瑶湾村是杜甫出生地。杜诗有思乡诗："露从今夜白，月是故乡明。""秋风楚竹冷，夜雪巩梅春。"

貂裘换酒·中原行与穰城仲公兄有聚

旅足消长夏。任纵横，中原吊古，穰城驰马。一诺于心期执手，曾作平生牵挂。今得见，缘归骚雅。犹记花洲书院内，俯仰间，能识情无价。方屈指，十年也。

俗思尘念先抛下。剧堪怜，长驱千里，客心潮打。再不相逢春渐老，辜负青衫潇洒。思往事，执心偏惹。今日犹宜浮大白，只此情，彩笔难摹画。杯又满，月华泻。

·湖北·

步行过武汉长江大桥

望中气势黯然收。幸有龟蛇豁眼眸。
广厦已成天际线，大桥长对碧云流。
晴川阁枕汉江水，鹦鹉洲牵黄鹤楼。
遥想当年豪迈日，惊涛声里又临秋。

登黄鹤楼

欲飞檐角向青天，拾步登高入紫烟。
清浊水交三镇出，龟蛇山对一桥牵。
风声迢递如闻笛，拾步登高入紫烟。
帆影依稀委逝川，武昌城里久难眠。

江城琴台

龟山脚下有余哀。千古知音不复回。
月色凄清犹缱绻，江声迢递总徘徊。
世多雅韵心灵净，人失故交天地灰。
酷暑汉阳怀旧迹，荫浓风缓逸襟开。

汉阳铁厂遗址

曾经钢铁出荆楚，辗转江边寻滥觞。
次第楼新频过眼，依稀迹旧却流芳。
壮怀绮梦圆江北，炉火黑烟起汉阳。
纵观洋务自强史，神州无处不沧桑。

晴川阁

溯古眸前禹王庙，浓阴夏日绿离离。
嵯峨背倚山关隘，潋滟面朝江水湄。
青渚毗邻动荆楚，大桥高起接蛇龟。
逡巡三镇风华处，就此流连难自持。

注：晴川阁也叫禹王庙。铁门关连接晴川阁与龟山成为一体。

武当山

七十二峰呈太岳，神仙洞府隐苍穹。
紫霄悟道沐巴雨，丹壁凌空栉楚风。
礼敬三清寸心里，人除六欲九霄中。
只今无处能逃世，抱朴修真一脉通。

大洪山宝珠峰

始信人间有此峰。洪山莽莽可支筇。
天生砥柱招青眼，地隐丛林出梵钟。
幽壑犹为岚气裹，危崖长被白云封。
身融鄂北大观里，苍翠绵延驾巨龙。

郝穴龙渊湖湿地公园

此地曾传仙鹤舞，惊涛屡犯铁牛矶。
荆江大坝安危系，福泽民生有所依。

东湖行吟阁

千里寻踪怀屈子，一心登阁觅湘音。
骚风已是倾三楚，唯有青山自古今。

陈友谅墓

江汉帝皇谁敢当，也曾振臂抗强梁。
凄清谁惜眼前冢，败寇成王是律章。

昭君村

和戎事迹广传闻，芳泽曾经间泪痕。
设若昭君留汉室，后人焉识宝坪村。

香溪源

石涌清泉如漱玉，人游绿海似浮槎。
仙境此地亦人境，曾有神农煮药茶。

晨游秭归九畹溪，于水上剧院观《招魂》剧

汹涌江流入秭归，心头百感化嘘唏。
《招魂》剧幕徐徐落，九畹溪中热泪飞。

观土家族歌舞篝火晚会

雨霁风轻夜色新，神农坛下净无尘。
土家篝火青山夜，互动频频忘客身。

游三峡大坝

平湖经雨隐高峡，利剑惊天锁巨龙。
千古长江添胜景，是忧是喜两难从。

三峡人家

峻峰幽壑绿参差，桥寨枕泉望若迷。
一袭红衣撑碧水，孤舟倒影柳垂丝。

宜昌晨起，赴神农架途中千山万壑中

心惊脚下路千旋，两翼层峦翠接天。
若问客怀萦绕处，神农架上古林泉。

游神农架

绿崖峭拔匿人踪，尘俗今抛云雾中。
但见群峰时隐现，此身今日入鸿蒙。

武汉东湖听涛景区

七月凉风柳浪生，东湖极目楚天清。
珞珈耸翠云深处，鸥鹭双双掠水行。

悼东方之星沉船遇难者

酸风惨雨杂啼痕，夜色如磐气色昏。
人祸天灾难尽说，楚江自古合招魂。

注：2015 年 6 月 1 日，东方之星游轮在湖北监利县域沉没，442 人遇难。

无题

三月春光未觉温，刷屏数字动心魂。
悲歌恸哭犹侵耳，忍见江城说感恩。

江汉关

三镇沧桑史，凝于江汉关。鸣钟几声后，人世百年间。
罪证列强日，羞铭大国颜。兴衰期忍顾，久伫味时艰。

楚望台

楚王回望处，犹见旧时痕。细睹碑廊字，欣登起义门。
名因辛亥著，功共武昌论。今作台前客，萧然昼易昏。

洪山寺

翠霭丛林里，近前难见僧。客从青嶂出，足向白云登。
古寺分双院，名山传一灯。机心入禅寂，尘世问谁能。

绿林山

绿林堪啸聚，翠嶂载流光。人惑藏金洞，情迷青画廊。
龙蛇生大泽，山水育君王。豁目登临处，无垠是莽苍。

注：绿林山即东汉绿林起义之地。

太子山

风光动江汉，青翠上层峦。先探史前秘，再看泉水湍。
林深隐王莽，兵败走阿瞒。身处尘嚣外，心胸此际宽。

·湖南·

登南岳衡山祝融峰

磴道穿林势未穷，振衣峰壑沐南风。
石生幽趣沿途上，云罩层峦青眼中。
坐镇衡湘尊寿域，丛生寺观待归鸿。
绵延绿嶂长天外，烈焰焚香合祝融。

谒南岳忠烈祠

肃穆巍巍踞翠屏，香炉峰下万松青。
勋功累累铭家国，气节森森炳日星。
碧血忠骸皆有幸，名山毅魄始同龄。
三躬于我表微意，一朵黄花慰九冥。

岳阳楼登眺

景致千年名卓著，大观总在水云间。
雾开天阔洞庭静，波缓风轻白鹭闲。
异域三湘为楚郡，青螺一点是君山。
如今幸作岳阳客，久伫绮楼几忘还。

洞庭湖君山岛

弃舟登岸入青芜，缓步融身绿画图。
堕泪舜妃累斑竹，传书柳毅佐残壶。
岳阳景胜君山最，衡楚多情湘水殊。
浮镜翠螺非想象，风华千古洞庭湖。

周敦颐诞辰1000周年有记

一束光明出素襟，衡阳大纛可追寻。
儒承孔孟多威德，道启程朱至厚深。
石鼓山高堪仰首，濂溪水静自清心。
爱莲堂下田田绿，绿意氤氲供诵吟。

乘百龙天梯看张家界群峰

今日方知始识山，万千松嶂耸云端。
徐徐登顶窥全貌，掠上心头是大观。

东洲岛访船山书院

洲细如尖艇，千年终塑形。楚云侵岭碧，湘水入眸青。
继踵好追旧，希贤待沐馨。船山踪迹杳，空院对苍冥。

石鼓书院

蒸湘此间合，文脉起衡阳。水击声如鼓，薪传书愈香。
小山多懋迹，南岳倍荣光。异代聚贤处，千年值仰望。

凤凰古城

不到湘西界，世人难识荆。小城百年睡，大美一时呈。
吊脚楼前绿，沱江水上情。回看涅槃后，四海正扬名。

回雁峰

湘水北流缓，西依第一峰。平沙泊鸿雁，古刹隐芙蓉。
嘹呖红欲暮，萧疏人寄踪。谁怜南岭阔，只影不相逢。

谒岳屏山衡阳抗战纪念城碑

磴道牵青岭，高碑绿四围。时移远战火，世易惜芳菲。
披汗敛声息，振衣登翠微。和谐休憩所，血肉也曾飞。

沱江泛舟

寒流衬青嶂，倒影碎微波。舟出石城语，岸传山妹歌。
危楼多吊脚，钓者懒披蓑。借用艄公愿：余生憾几何。

韶山冲（毛泽东故居）

湘水迎新客，群峰托故居。诚心犹款款，步履自徐徐。
功绩垂青史，风云化白驹。休论长与短，留待后人书。

炭子冲（刘少奇故里）

故居侵眼际，远道仰丰碑。绿盛情怀烈，人多敬意随。
山川一夕冷，草木十年悲。劫后春风暖，相看皆展眉。

金鞭溪

古木罩名溪，宛若神龙架。万流汇一水，气势同奔马。
远客林樾行，雨丝碧空洒。难得健身游，湘西合消夏。

湘江橘子洲头

船型橘子洲，巨像豁双眸。树染星城碧，渚分湘水流。
霓虹妆两岸，暮色掩千舟。忽有欢呼起，时人击浪游。

沩山春茶

春水映山光，沩山茶半黄。风轻影零乱。林密露清凉。
村女竹篮满，炒锅芽叶香。明朝如有约，一盏坐斜阳。

咏湖南青钱神茶

云雾清凉境，此为修水缘。神茶生幕阜，古柳衍青钱。
药食一源外，安全二字先。身心待涵养，久饮可延年。

卷四 西南五省

·云南·

昆明西山龙门眺望滇池

俯瞰焉能慰所思，昆池正合倚栏时。
湖光一面开天镜，翠色半围添秀姿。
瞩目云边波浩淼，牵怀身外翠离披。
江南自有佳山水，直到高原才觉痴。

登昆明大观楼

夏日昆池草已肥，江南游子竟忘归。
城中花海经霞染，楼外柳丝携绿飞。
六诏风和能尽见，千层浪涌渐相违。
云山望里高晴处，倒影婆娑泛夕晖。

巴拉格宗

不愧康巴第一山，绝尘圣域接高天。
雪峰起伏渺无极，栈道蜿蜒能计年。
贴壁清流牵秘境，层峦深壑说桑田。
此间只合神仙住，我亦权当半日仙。

到梅里雪山，未见日照金山奇观有记

神山终究未开颜，浓雾湿云遮大千。
尘事多存些许憾，冰轮难有十分圆。
心中不减三生盼，梦里常生一片天。
幸有雪峰曾几露，归程聊可慰心弦。

贺昆明何进陈圣芳伉俪中秋前夕喜诞麟儿何子瑜

春风一夜度山川，频送佳音到眼前。
麟子初临追梦地，祥云已布故园天。
握瑜心迹应存想，茹苦力行先着鞭。
身外几多翘首客，当非只待月儿圆。

致滇藏线上骑行者

深峡高山往后飞，单车结队向天骑。
风光一路心犹惬，险阻三千志不移。
滇藏大观堪比画，青春勇士正逢时。
豪情圣域征途上，无悔今生应可知。

云南老寨春茶

树自灵根叶雅醇，高山秀水蕴奇珍。
滇南神品莫辜负，一盏清香老寨春。

云南石林

刺天拔地势难禁，鬼斧神工看石林。
迷径徜徉浑欲醉，上苍原本就偏心。

丽江印象

曾经自诩世无双。商海喧嚣没丽江。
街巷徜徉留冷眼，古城特色已趋降。

西南联大旧址联想

大师伟绩灿星河，八载临危建树多。
学府如今高大上，多需妙手解沉疴。

元阳哈尼梯田

画图一幅倩谁雕，层叠天梯达九霄。
眼底大观劳远足，游心此际最难描。

玉溪印象

玉溪街巷杂风情，触目皆为聂耳名。
消费名人应有度，自然纪念莫相撄。

红塔山

元塔悠悠久默声，却因烟草广驰名。
时人褒贬各参半，文笔山前一怆情。

建水印象

儒风古建遍临安，南渐文风成大观。
南诏名邦垂百世，沧桑瑰宝待人看。

注：建水古称临安。

崇圣寺塔楼眺望

远山横黛若浮萍，起伏哀牢水面青。
悦耳声来惊客思，画中原不带风铃。

咏石林阿诗玛石像

游身石罅过峰丛，嗟叹天然造化功。
隐隐回声破空响，阿诗玛像现妍容。

注：传说阿诗玛是彝族回声神。

坐苍山大索道看洱海

凌空升冉冉，今日御风游。洱海波光静，哀牢山色幽。
水牵双翠岭，人似一浮舟。身在红尘外，尘心逐浪鸥。

注：洱海位于苍山（点苍山）和哀牢山之间。

游虎跳峡

虎啸万千载，依稀地狱门。贴崖行闭眼，伸手触云根。
急水穿深谷，高原留切痕。归来难自抑，犹在说惊魂。

独克宗古城印象

湛蓝明雪域，天近远嚣尘。枢纽牵三省，经筒成一珍。
四方街上客，茶马道中人。曲曲锅庄舞，尤能显本真。

注：香格里拉转经筒总重 60 吨，为纯铜镀金，高 21 米。筒内藏有经咒，六字真言 124 万条和多种佛宝 16 吨。已入吉尼斯纪录。是为纪念中甸县更名为香格里拉而建。

题西双版纳滑竹梁子茶

高山云雾深，绿海沁人心。树共坝檬老，香随梁子侵。
叶芽邻滑竹，汤色比黄金。余暇闲浮盏，滇南自可寻。

将进茶兼谢云南何进邮寄滇红

君在彩云南，我在石头城。百年为好友，三年属师生。
各为稻粱谋，唯不减赤诚。音讯常相守，牵念自心声。
高原生上品，世间多真情。滇红春城寄，飞邮四千里。
触手沉甸甸，开封即尝试。光影聚案台，提壶烹活水。
细条呈红艳，闻之幽香气。甘鲜侵味蕾，心胃起暖意。
冬寒穿门庭，汤热散温馨。醇厚宜浅啜，清淡宜厚评。
知音凭一盏，闲话可三更。消闲茶能续，坐酌心可清。
琴音荡渌水，水色渐透明。且将茶当酒，持盏代问候。
江南有故人，正味高原春。

· 贵州 ·

游贵州闻奢香夫人事

胸襟似海自英贤，巾帼勇跻青史篇。
内助始通宣慰策，久安广得口碑缘。
汉彝同气殚千虑，云贵承平逾百年。
驿路奇功遗厚泽，蛮荒渐远夜郎天。

咏茅台

黔北风光又吸睛，谜般胜境久驰名。
护肝健体疑诳语，踩曲催香足畅情。
赤水千年自甘冽，青山四合总丰盈。
酒城魅力能多久，倩问何人看得清。

梵净山

风撕雾幔数峰青，索道斜牵入窈冥。
金顶峥嵘时隐现，梵音净土近天庭。

织金大峡谷

溶洞暗河交替横，天生桥上现天坑。
紫霄于此偏心重，飞瀑巉岩肆意呈。

黄果树瀑布

绵绵喷涌不知疲，素练倾潭万马姿。
观者如云衣尽湿，打邦河外夕阳时。

万峰林

破雾晨曦织画屏，如林峰壑向人青。
随车渐入青深处，眸底风光又转形。

马岭河

大地疤痕呈大美，流泉高瀑小桥横。
白云青嶂蓝天下，隐隐雷声共画生。

小七孔

荔波山水久闻名，潭坝犹能见底清。
应是人心未污染，终呈水秀与山明。

瑶山古寨拉片村

重山阻隔不辞难。本色瑶家得近观。
精准扶贫应扶智，撒钱只可暂相安。

西江千户苗寨

露天博物馆中游，风雨桥牵吊脚楼。
人海登高看灯海，苗家夜色最温柔。

镇远古城

群山遥合青龙洞，一水中分太极城。
祝圣桥头留客久，黔天碧玉畅平生。

青岩古镇

街直巷横老作坊，依山傍岭石城墙。
四门洞里聚黔味，离去犹余口齿香。

甲秀楼

南明河静水涵碧，浮玉桥横楼沐风。
万丈晨曦明霁色，古城塔影没葱茏。

花溪湿地

山青水碧梦成真，十里河滩大变身。
乐在画中充背景，此时忘却是游人。

阳明祠

扶风山麓院幽清，叠翠铺青相竞呈。
殿后楼前唯阒寂，只身有幸拜先生。

遵义会议遗址

一系存亡诚不忝，几成穷寇势无回。
乌云散去通大道，赤纛长驱远劫灰。

咏贵州平坝酒

黔中入青眼，平坝远嚣尘。水土宜佳酿，山川悦故人。
闻香知酽冽，得味感浓醇。小酌辛劳后，几杯舒倦身。

虞美人·奢香夫人

贤明卓荦彝家妇，节义逾千古。大方有幸沐深恩，百里杜鹃千载伴芳魂。

西南旧事谁能记，皆在人心里。但看风雨变星霜，万路千桥犹自说奢香。

·四川·

咏都江堰

岷江奇堰巧无伦，鱼嘴飞沙动客身。
水旱随心源太守，丰枯有度始先秦。
西川沃野成天府，惠泽膏流及后人。
每到杩槎开撤日，欢声处处是烝民。

注：杩槎，挡水的三脚木架，可用作施工围堰，易拆易建，造价低廉。

登青城山

群峰环峙若城池，佳木葱茏无尽期。
千级丹梯老君阁，一方幽境丈人祠。
蜀山魂梦情难抑，夏日风尘力不支。
绝顶振衣久登眺，游心点滴记当时。

注：丈人祠，即青城山丈人峰下的建福宫，青城山必游第一宫观。

杜甫草堂怀古

避乱投朋聊自持，相携暂住浣花溪。
凭栏赏竹田园意，书愤遣怀家国悲。
流寓茅庐越千载，大唐诗史值三思。
沐风驻足草堂内，异代后人同解颐。

望江楼怀古

天府风华多在此，锦官城外薛涛痕。
香笺纤手三分韵，绮梦痴心一缕魂。
千载江流帆已逝，四围古井水犹温。
凭栏满目萧萧处，楼影波光向晚村。

郫县望丛祠怀古

古木森然掩翠微，一祠二主自非稀。
劝农兴蜀华阳富，治水惠民天府肥。
遗爱余波犹未息，听鹃心迹剧难违。
两碑眼底遥相应，长谒深躬暂忘归。

昭化古城敬侯祠吊费祎墓

深谋卓识追诸葛，枢府亲从汉寿开。
处世犹能存淑德，居家向不积闲财。
中天柱石折堪惜，偏安庙堂颓可猜。
墓草青青盈客眼，想来正是散余哀。

罗江县白马关靖侯祠吊庞统墓

青松郁郁水潺潺，落凤坡前白马关。
岂有地名定生死，应知天意决回环。
丹心三策益州下，黄土一抔蜀道间。
深绿愁云犹未散，长年笼罩鹿头山。

眉山三苏祠因雅安芦山地震损坏至今维修而闭门

乘兴前来怅惘归，文豪故里惜相违。
牵怀华夏天灾重，入眼眉州游客稀。
纱毂行中人踯躅，三苏祠外影霏微。
登车起步频回首，翠色逾墙叶正肥。

咏乐山大佛

凌云山体媲霞辉，大佛千年立翠微。
抚膝踏波闲岁远，齐峰依壁白云飞。
三江眼底水相汇，万木身前绿半围。
气势声威壮行色，嘉州长伴影依稀。

注：嘉州，乐山古称。

雅安感怀

千年华夏真多舛，四月雅安如汶川。
天府风光归独厚，芦山惨景写凄然。
八方祈福心送暖，千里驰援人并肩。
民瘼国殇几时已，情怀冰火入残笺。

四川《孤侠行诗文集》寄到，读侠兄赠语有作

经年难解是萦牵，点点烟尘在眼前。
手接新封犹切切，书传雅意自拳拳。
真诚故我怜诗瘦，澹泊如君慰运偏。
何日更能销积慨，情倾两地对婵娟。

注：侠兄在扉页手书赠联：苟有皮囊多热血，人生何处不流丹。

赠四川孤侠行兄

长河孤侠久飘零，诗洒萍踪一路馨。
鸿影频来存厚意，青衿空自老新亭。
机心每共君心静，愁绪常随思绪停。
身在江南望天府，依稀兰蕙漫曾经。

余十多年前与蜀西郫邑人孤侠行兄相交于网络，彼继而罹染沉疴而辗转经年，于六年前离世。虽一直缘悭一面，其所受病痛之巨及抗病之苦，却犹历历在目。今念之仍不胜唏嘘，时 2022 年，感慨二律系之

秋声惊梦月光残，渐远音容不忍删。
豪健谈锋语倾座，青荧药鼎夜生寒。
羸躯不寐身长痛，病骨难支影更单。
镇日煎熬强自抑，催人泪眼暗偷弹。

岁月何曾忘故人。睽违十载忆犹真。
鸣窗风叶堆愁绪，碎夜鹃声起旧尘。
无尽呻吟消永夜，有形药石伴残身。
丹方试遍徒遗恨，孤侠余芳许再陈。

赴蜀途中

当真接踵共摩肩，逼仄车厢气不鲜。
忍看此间众生相，始知人杂与民艰。

癸巳夏正欲赴李白故里适逢青莲大桥因暴雨而垮塌多行人车辆堕河而未成行有记

不怨天公不作美，相生祸福实难窥。
青莲未至堪为幸，际遇从来无定规。

登西山子云亭

陋室铭中始识名，西山景致入眸青。
登亭俯瞰三江汇，清润涪城满画屏。

注：绵阳古称绵州或涪城。

登富乐山

绵州再现涪城会，驻足山巅引客思。
蜀汉兴亡尽相系，原来此地是根基。

参观三星堆博物馆

精细恢弘不我欺，双眸交睫怕疏遗。
文明高点惊看客，鸭子河边飏远思。

咏成都武侯祠

生前尽瘁酬三顾，死后殷勤拱惠陵。
千载森森祠外柏，惯看国灭与朝兴。

登成都合江亭

府南河水正潺湲，悄立双亭听市喧。
无限风光趋暗淡，群楼环矗一望间。

过嘉陵江明月峡

倒影波流翠，行车贴壑清。水宽时出峡，路仄却连城。
绝壁猱身捷，江风舟楫轻。五丁开蜀道，此地忘夷平。

游江油青莲村李白故里

遥岑翠蜀天，故里越千年。院以陇西系，楼因粉竹传。
古风倾古道，青眼向青莲。山水不辞远，孤身拜座前。

注：李白故里有李白青年读书处陇西院和他妹妹李月圆的住处粉竹楼。

登罗江县玉京山李调元纪念馆远眺

拾级玉京山，行行不歇鞍。天清云自在，心静客凭栏。
巨像连高馆，江光映倒峦。先贤遗迹在，今古值同看。

访“东坡初恋地”青神县中岩寺因山体坍塌而闭门谢客，惜未入

岷江消燠热，蜀道倦游身。天府途中客，青神足下尘。
未曾仰仙迹，无奈作归人。心结今难解，何时一梦真。

咏阆中古城

少陵歌咏地，阆苑状元乡。江曲环三面，峦青围四方。
巴风牵蜀韵，游兴杂心香。已许佳山水，朝阳共夕阳。

大邑刘氏庄园

夹巷连高阁，亭台接粉墙。奢靡诚富丽，画栋极夸张。
大邑民脂窟，川康灾难场。传言血泪史，岂料太荒唐。

成都琴台故径有感

一曲凤求凰，琴台成圣地。当垆夜奔女，何止富才气。
才子配佳人，美谈无休止。驻足千年街，杂味纷纷起。
楼阁何辉煌，宝气侵眸子。难描商味浓，何处不相似。
何处为风景，何能为标识。一匹铜车马，奋蹄犹不已。
繁密诗墙外，差可慰来意。

定风波·雅安地震

断壁残垣触目惊，春风四月苦心情。温暖凄凉难阅尽，强忍。泪花已在眼中凝。

多难神州真不易，应记。爱心善举又施行。凤凰涅槃需浴火，犹可。重生故地待青冥。

鹧鸪天·五月

花样人生正稚龄，何堪骤雨葬流星。千年古道凄情绝，亿万同胞热泪盈。

存恻隐，话凋零，怕闻肠断子规声。频来五月残春句，暗草荒川梦少陵。

鹧鸪天·再忆五月

噩梦从来骤降临，残垣断壁日沉沉。料知天理无常算，原就难存怜悯心。

风乱度，雨相侵，千萦万念有谁禁。神州何处安魂魄，唯求今宵入梦深。

水龙吟·观汶川大地震救灾报道有感

目光齐聚西南，是谁又启不周步。怕思此日，风云不测，突临巴蜀。华夏何辜？连遭挫折，裂天能补？但疮痍满眼，忧愁淤积，吞声哭，哀如许。

耿耿千言难诉。最伤魂、劫灰哀曲。声声杜宇，哀鸣啼血，揪心凄楚。谁慰苍生，同根同祖，万千黎庶。让无声哽咽，牵怀恻隐，化为援助。

高阳台·祭四川5.12遇难同胞（次韵安宁狂生）

梦断巴山，心忧蜀道，可怜数万流星。日日牵怀，屏前无语神凝。悲愁欲遏行云住，泪涔涔，虽哭无声。最难禁，地上残垣，地下芳龄。

明朝怎忘今朝事？便寻常乡土，血染花零。去路迢迢，天堂再续曾经。疮痍满目飘萧地，这殷殷、四海情萦。漫相祈、没了今生，还有来生。

·重庆·

朝天门

巨舰艨艟吃水深，千年静伫任浮沉。
双流照面分清浊，一隘朝天阅古今。
炫目星灯弥漫夜，尝鲜索道不羁心。
渝中半岛风华里，但枕涛声好畅襟。

钓鱼城怀古

三江交汇一城坚，百战孤撑卅六年。
浊水飞灰没樯橹，戎旗蔽日带尘烟。
中原独钓难全宋，上帝先知却折鞭。
耳际松涛萦绕处，残碑故垒夕阳前。

注:钓鱼城位于合川钓鱼山上，三面被嘉陵江、涪江、渠江包围，形势陡绝。

夜游洪崖洞

街衢层叠闹中幽，尤适相携安步游。
崖壁四时犹翠滴，星灯万点共云流。
长聆蜀韵嘉陵水，尽识巴风吊脚楼。
人在渝州沉醉处，月华淡抹一城秋。

歌乐山感怀

拾步侵眸绿黯然，红岩碑外动心弦。
囚笼不改抛头志，热血同洇破晓天。
馆袭白公情自抑，洞生渣滓罪难蠲。
雾都一段伤怀史，未到山前已被牵。

咏江津爱情天梯

千寻磴道接云杪，佳话倾人众口传。
经手天梯出鸳侣，栖身茅屋赛神仙。
恁多男女期朝圣，几许姻缘难计年。
今世红尘谁可及，江津绝响化诗篇。

三峡游

楚云峡雨竟蒙蒙，曲水随心几万重。
纵有生花笔千管，难描两岸碧芙蓉。

清晨从江面仰望神女峰

萧森峡气故频频，云雨巫山自在身。
皆见游人抬望眼，不知神女笑游人。

巫山小三峡

长江山水竞相迎，却是巫山最有情。
更惜此行三峡外，万千峰壑藉无名。

船到三峡起点奉节白帝城

夔门势托古城来，此地曾经猿啸哀。
刘备托孤传厚意，可怜尽瘁佐非才。

赏巫山新县城夜景

此际漫山灯火明，日间却是一山青。
莫嘲游客多贪看，怕是银河落万星。

从奉节至宜昌回程中

暮辞白帝棹回还，两岸云牵山复山。
唯祝顺流三峡水，诗情汩汩出其间。

·西藏·

拉萨印象

刺目阳光勤播撒，绵绵雪域拥名城。
群山峻峭四边合，河水蜿蜒见底清。
纯朴藏风千载异，艰辛天路十年行。
而今一座安全岛，应谢庙堂多用情。

注：青藏铁路 2006 年通车至今整十年，西藏从全靠内地输血建设转变为输血造血并举。

布达拉宫

殿宇层层相叠压，宫门遥对药王山。
侵眸圣境分红白，携雨流云共适闲。
一地蕃唐情所系，千年汉藏谊相关。
纷纷人去空陈迹，只是尘烟尚未删。

咏大昭寺和八廓街

传奇一座等身像，汉藏风云证佛缘。
古寺外墙称八廓，名街异俗越千年。
转经不歇情依旧，朝圣至诚人似川。
敬叩长头匍匐者，风光最是动心弦。

注：大昭寺珍藏有释迦牟尼 12 岁等身像。

去林芝途中过海拔 5013 米的米拉山口

遥看五彩经幡阵，招引驱车费力行。
已识山高途更险，更知源近水尤清。
随人登顶舒长啸，许我披云揽胜情。
习习凉风驱不适，巅峰差可与天平。

注：林芝母亲河尼洋河发源于米拉山。

林芝印象

身在高原巨腹中，江南气候许相同。
桃花灼灼春常在，峡水滔滔势正雄。
娘曲专招慕名客，神山尤合转经筒。
入眸雪域如书本，细读长吟滋味丰。

注：娘曲即林芝母亲河尼洋河。神山指相传莲花生大师所赐的比日神山。

雅鲁藏布江大峡谷

雪域神奇大拐弯，久经风雨不知年。
云端高峡人时隐，耳际惊涛声续连。
但见水能尤富集，焉知坡降系天然。
痴痴半日萦心处，胜境倾情应是缘。

雅鲁藏布江大峡谷看南迦巴瓦峰

扑面峰峦三角貌，刺空高耸入云端。
雾消偶露山头白，日隐频生水面寒。
一展丰姿借风变，稍呈羞怯怕人看。
应知深峡开心境，不悔孤身融大观。

咏林芝地区南伊沟

汩汩水声侵秘境，绵绵翠被覆山沟。
寻幽佳趣因人得，侵眼绿烟随处浮。
云上倾心犹可解，此间率性不能游。
已知林外非吾土，杂味频生望激流。

注：南伊沟边的麦克马洪山外就是印度实际控制区“阿鲁纳恰儿邦”。

往日喀则途中过宗山抗英遗址

重温昔日《红河谷》，故址宗山人可知。
着意揽篇怜弱国，无声泪眼念江孜。
已从边地百年耻，况值中华几代思。
莫怨车尘遮望眼，悠悠往事不堪提。

在海拔 5030 米的冈巴拉山口眺望羊卓雍措

车轮次第漫登顶，逸乐游人融画图。
云下高原青碧玉，眼前山坳绿珊瑚。
牛羊缓缓水波动，草石愔愔岁月徂。
久驻心驰天地外，就中难舍一蓬壶。

咏卡若拉冰川

乾坤巨幅冰川画，画里滥觞年楚河。
四合高原开胜境，一方圣域现山阿。
依稀鸽断蓝天哨，仿佛人吟白雪歌。
兀自痴痴生浩叹，谁怜半世已蹉跎。

注：卡若拉冰川位于山南地区浪卡子县和江孜县交界处，日喀则的年楚河发源于卡若拉冰川。

咏日喀则扎什伦布寺

端居尼色日山下，弘法根敦初始开。
任是班禅驻锡杖，也因弥勒证将来。
经声悦耳讲经院，传说惊心晒佛台。
但看万千朝圣者，情坚意笃不需猜。

注：根敦即根敦珠巴，黄教创始人宗喀巴弟子，扎什伦布寺建立者。寺里有世界上最高最大镀金强巴铜佛（即汉地弥勒佛，是藏传佛教三世佛中的未来佛）殿。

日喀则印象

珠峰耸峙势摩天，交汇江河润福田。
四泄清流滋后藏，一方属地驻班禅。
徒令物阜知民乐，终见山高多水源。
六百年来风雨路，名城雪域两相牵。

注：日喀则位于雅鲁藏布江和年楚河交界处。

藏家烤全羊宴

终能口腹逞其欲，暮色相催赴藏乡。
先赠一条白哈达，再来几曲美锅庄。
动情易服思装扮，祝福围炉倾酒觞。
恍惚夜深难尽兴，已然明月上山冈。

咏纳木措

上苍玉镜遗青藏，沧海桑田不记年。
入眼绵延山作障，清心辽阔草为毡。
漫嗟洁白云堆雪，且喜湛蓝湖接天。
荡漾随波疑是梦，梦中恍惚又成仙。

纳木措回拉萨途中遥看念青唐古拉山雪峰

归途驻足暂停鞍，长眺当雄大草原。
悦目盈盈一片绿，迎风猎猎五颜幡。
纷披素被裹山顶，齐盼蓝天洒日暄。
皆恨不能持画笔，游心欲说却无言。

赠西藏昌都雪域鹰飞兄

安于雪域播春晖，背井营营面已非。
梦启昌都百年计，情牵民族一身微。
他乡常与故乡接，诗意每随心意违。
应惯清宵生劲翼，雄鹰夤夜向东飞。

·陕西·

西安印象

大汉风华起汉唐。源头更在此前方。
加恩海内威名盛，立足关中国祚长。
穿越时光唯一处，变更朝代十三强。
如今又见鱼龙舞，烟火西京夜未央。

游茂陵

长安游兴涨如潮，松柏茂陵王气招。
远客稀声惜倾国，汉家功绩数嫖姚。
甘泉供像君恩厚，苜蓿齐腰北狄遥。
今日登高堪极目，咸阳原上草萧萧。

茂陵陪葬墓李夫人英陵

弱身何止貌倾城，痛使君王不欲生。
色败爱弛非定律，宠消恩绝是常情。
一方帷幕隔衰影，百夜甘泉呼艳名。
谁解当年蒙面事，英陵千载绿凄清。

见霍去病墓有怀

残阳映血暗旌旗，长息烽烟应有期。
瀚海苍茫惟意绝，胡尘弥漫怎家为。
狼山勒石风云幻，战马嘶风岁月移。
千载茂陵留宿地，嫖姚功绩动华夷。

马嵬驿咏杨玉环

马嵬驿上暗云遮，唐帝心头生乱麻。
不忍风华成绝唱，岂教国祚隐悲笳。
貌羞百卉水中月，宠冠三千镜里花。
一丈白绫今赐予，曾经岁月化流沙。

西安记忆

记得当年西入秦，长安风物渐相亲。
虽缘原上多陈迹，更为微时一故人。
锦瑟青春悲逝梦，稻粱事业耗浮身。
关中别后频回首，渭水秦淮若比邻。

咏秦始皇兵马俑

恢宏队列暗旌旗，六国披靡国祚移。
正是如斯大阵仗，亦教短命紧相随。

茂陵霍去病墓

别处何曾见，君臣永不离。茂陵难寂寂，春草尚萋萋。
高冢祁连貌，勋功帝祚基。烽烟疆海上，能觅汉家旗？

过秦岭隧道

暗明交替处，内外两重天。雾锁千山谷，车行万绿间。
青云遮白日，吴客近秦川。深涧飞泉响，依稀蜀道前。

·甘肃·

兰州印象

对峙层峦夹水流，黄河滩上识兰州。
铁桥矮矮铭青史，白塔巍巍豁望眸。
干旱曾摧不毛地，葱茏今覆秃山头。
日新月异看嬗变，陇右名城值壮游。

敦煌印象

三省交冲一绿洲，河西四郡最西头。
风情夜市人潮涌，典雅党河弦月流。
丝路名城推壁画，雄关故地起沙州。
新疆门户新相识，不枉青甘千里游。

注：沙州是敦煌古称。

登嘉峪关关城

连陲锁钥一雄关，似铁坚城六百年。
北接黑山悬巨臂，南牵烽燧没长天。
胡尘战伐史书里，华夏交融眉眼边。
雉堞迎风人立处，黄沙犹自漫回旋。

兰州宗孝祖惠寄《秋月长河》《南窗听雨》诗集二册

锦绣珠玑吟在口，犹如酒鬼对醇酒。
眼迷秋月洒长河，心醉南窗听雨后。
塞北山川入诗频，江南故旧相期久。
此情应是不须言，点点前尘值回首。

过张掖镇远楼夜市

人声鼎沸自繁华，灯火长街一望奢。
镇远楼前江左客，寄情羁旅享清嘉。

夜宿张掖平山湖喀尔喀风情小镇

跨马张弓振猎鹰，群雕栩栩入眸清。
平山湖外扶贫镇，蒙古风情伴旅行。

咏雷台汉墓出土文物马踏飞燕

一蹄踏燕形神备，三足凌空气韵清。
天马飞奔势难阻，武威藉此久扬名。

游白银景泰黄河石林

黄河远上到龙湾，饮马沟深长峡间。
酷热行程难耐受，神工鬼斧怕追攀。

麦积山石窟

半日向天水，不辞千里遥。青峦如指引，佛窟正相招。
山似麦堆积，壁如蜂筑巢。身攀旋梯上，聆听若闻韶。

莫高窟

莫高名气巨，崖壁一望收。四窟供开放，千门拒客流。
凭斑可窥豹，近佛已无愁。憾恨人常有，足堪期再游。

拟游仙咏七彩丹霞

鹤氅乘祥云。才越甘州界。浮槎御风行，飘然驻仙驾。
青田傍人烟，壑谷为荒野。依稀山连绵，宛似七彩画。
仙境落尘寰，千载苍天下。蜂拥人去来，俱是争睹者。
晚照沐崖丹，满眼色斑斓。风流难掩饰，妩媚饶群山。
迷离呈幻境，却愿久痴缠。神工鬼斧景，人间一段缘。

浣溪沙·访兰州《读者》杂志社

作伴同行四十年。无声润物墨香间。一厢私愿到跟前。
博采中西生特色，广搜今古化心田。兰州访得梦儿圆。

·宁夏·

西夏王陵

累累荒丘覆衰草，高高土塔迫游人。
贺兰山下龙眠地，日照黄沙春复春。

水洞沟

史前印记宁蒙界，塞上长城水洞沟。
半日胡天留履迹，古今融合豁吟眸。

石嘴山沙湖

起伏黄沙赚客瞳，涟漪碧水映长空。
非常景致生宁夏，真实江南拜下风。

怀远路品尝盐池手抓滩羊肉

鲜嫩醇香肉汁多，不加佐料入汤锅。
朵颐大块驱炎暑，银川夏夜值消磨。

中卫沙坡头

绿洲大漠隔黄河，绝美风光塞外多。
画轴徐徐接天地，孤烟落日入南柯。

银川览山看日落

情状真如斗兽场，追红觅绿上高冈。
贺兰山外添形胜，异域风光融夕阳。

同心清真寺

远来古寺感同心，步上高台觅旧音。
暮色苍茫共登眺，天风舒爽畅胸襟。

须弥山石窟

石窟长追犹自持，松涛风送满须弥。
北朝雕塑精华处，止步原州不我欺。

车过西海固

曾经苦瘠甲天下，海旱山童地薄收。
今日闽宁深合作，青葱一路现车头。

注：西海固地区由福建省对口帮扶，成效显著。

唐徕渠

玉带长渠绕凤城，西门桥下久蜚声。
千年依傍青铜峡，塞上江南得始成。

汉渠

山川因禹定，万水自徐徐。紧步秦先制，重开汉伯渠。
潆洄生绿野，灌溉促安居。别有风情处，江南犹不如。

·青海·

七月十日游青海湖

彻呈底色向天张，唐蕃遗痕古道旁。
渌水一泓沁心碧，菜花多处夺眸黄。
山头白雪影虚晃，湖畔青衿愿已尝。
莫怪人潮太汹涌，三年自宅忒荒唐。

八月二十五日游茶卡盐湖据导游介绍光青海察尔汗一处盐湖可供人类食用一千年时闻神州多地又起抢购食盐有吟

神奇一片白盐池，起伏群山四面围。
原是自然馈赠品，却成尘世印钞机。
天空镜里影交织，翡翠画中人忘归。
抢购风潮闻又起，荒唐不绝倩谁依。

经扁都口入祁连大草原至卓尔山途中绿色绵延油菜花遍野灿烂夺目有吟

上苍有德自垂怜，海北怡然一片天。
林麓金黄镶卓尔，草原舒展绿祁连。
翻疑误入桃源洞，已信真成尘外仙。
镇日情怀谁得似，请看眉角或吟边。

青甘大环线途游经西宁湟中县鲁沙尔镇塔尔寺，寺内面貌依旧寺外村容设施全非离首次来已经整二十年矣

重来宝地久经年，旧日青春近暮烟。
梵院红墙浑未改，尘寰心态或潜迁。
崭新丰貌镇村外，汹涌人潮塔寺边。
仍是当年朝圣客，颜丹鬓绿转华颠。

八月九日入哈密南疆大环游开篇天天疲于奔走几无诗思长游十五日后于今天由若羌出疆当晚宿于青海茫崖市玉都酒店时七夕方过清辉当窗始有一律以谢挂怀

绿洲白雪竞相酬，万里关河作壮游。
轮毂随人识西域，知交契意豁望眸。
江南秋水盈盈起，塞外黄沙漠漠愁。
闪烁街灯摇梦寐，天山明月石城秋。

茫崖到德令哈 680 公里因高速在修只能取道 G315 大客颠簸异常途中有吟

一车勉力向东行，无际黄沙迫眼明。
寂寞高原天远大，苍茫瀚海路孤清。
但凭枯坐消长日，怕让前尘动旅情。
遥想去年封控事，不堪回首不堪听。

夜游德令哈巴音河兼参观海子诗歌馆

不辞千里小城来，春暖已过花已开。
海子碑前灯璀璨，巴音河畔客徘徊。
名扬禹甸亏诗句，馆立高原酬俊才。
夜市桥边人叠踵，羁心难耐不须猜。

德令哈行至海东 520 公里夜宿唐蕃古道平安驿附近有寄

横穿草甸越雄关，千里驱驰暂歇鞍。
血泪城中远战伐，青甘线上值贪看。
神游山水多闲趣，人在河湟犹嫩寒。
翌日行将发陇右，高原此际小清欢。

注：平安驿历代兵家必争之地，汉羌争夺焦点。汉羌之战，一直伴随到东汉灭亡，平安驿自古号称“血泪之城”。

青藏列车过可可西里大草原

云接绿茵微起伏，地开画轴展绵延。
逶迤流水百千曲，亘古荒原亿万年。
偶现山铺莹白雪，谁怜心动蔚蓝天。
藏羚几尾侵眸底，圣境精灵报到先。

由青海境内翻越海拔 5075 米的唐古拉山口

拂面罡风青藏界，强言高处可胜寒。
惯听都说头疼烈，坐久更谙呼吸难。
设若未尝些许苦，安能尽享一时欢。
重温“人定胜天”语，此际当知不足观。

唐蕃古道

古道高原一线牵，功成青藏紧相连。
徐徐画轴频开启，双眼孤心赴盛筵。

鹧鸪天·忆当年去青藏高原

记得当年挂远帆，出征正是雨纤纤。
车中隐约欢心惬，一日依稀千里含。
趋塞外，自江南，雄浑清秀两相参。
置身唐蕃千年道，绿野仙踪共蔚蓝。

凤凰台上忆吹箫·忆青海故友

芳甸绵延，岫峦苍翠，那时长醉青眸。更梦乡犹念，心绪难休。难忘蓝天碧海，烘托出、日月山头。高原上、湖滨朔漠，并辔闲游。

悠悠。别来记否,经几度春风,点鬓霜秋。记暮迎嘉友,朝送归舟。虽是鱼沉雁杳，仍企望、樽酒消愁。凭谁记、儿时石城，故土芳洲。

·新疆·

天山天池

雄峻高山亦可攀。盘旋直上翠云巅。
一汪碧玉青眉眼，几座琼峰白地天。
当适意时舒块垒，于无声处动心弦。
更兼王母艳传说，逸兴还将游兴牵。

可可托海额尔齐斯河大峡谷

林海青葱绿北疆，上苍独厚蕴珍藏。
传言矿富为消债，舒目流清此滥觞。
名借情歌骤火爆，心倾峡谷细端详。
半天聊可窥全貌，不悔今生来一场。

喀纳斯湖

穿林百里尽葱茏，栈道盘旋近峻峰。
连轴空明湖翠绿，满山闲散客从容。
三湾胜景娱双目，一脉清波映九重。
图瓦人稀存旧俗，空留屋舍赚囊丰。

注：从售票处贯登峪坐景交到景点距离约50公里。

印象禾木

红尘无计避尘嚣，攥住时机作遁逃。
心底安恬真境界，眼前汹涌俗人潮。
民呈粗犷非原始，木饰外墙中琢雕。
物价飙升互攀比，一方圣域已飘摇。

车过果子沟大桥

粗索斜拉双塔立，巨琴侧卧一桥横。
凌空跨越飞龙舞，穿壑徐行巨画呈。
奇险风光巧惊艳，和谐尘色远蜚声。
神工鬼斧通天堑，果子沟前谁与争。

霍城解忧公主薰衣草园

边陲香草久驰名，千里奔波到霍城。
垄上余馨犹缱绻，风前紫雾尚纵横。
旷怀不悔花期过，玩味犹嫌旅足轻。
一入伊犁先润目，天蓝云白合承平。

印象伊宁

伊犁河水向西流，撕夜华灯次第稠。
新绿市容无二致，老城底色拔头筹。
左公柳解人心结，喀赞其呈异域游。
地系膏腴泽后世，边陲风物正迎秋。

注：伊犁老城名喀赞其，皆哈萨克民族特色。

印象特克斯城

古城精巧世间殊，街巷相通八卦图。
丰美伊犁多意趣，壮观河谷一珍珠。
摩天轮廓呈奇幻，炫夜灯光慰旅孤。
更有真情巧牵系，江宁对口作帮扶。

注：特克斯县是我们南京市江宁区对口支援的县。

那拉提草原

风华一路入仙乡，今日置身青画廊。
民俗感知哈萨克，风情凝聚白毡房。
山头积雪萦怀抱，水底群峰带草香。
芳甸高低堪远眺，流云缓缓伴牛羊。

巴音布鲁克草原

东归事迹广流传，此地长跻国史篇。
落日湾中光寂寂，天鹅水上影娟娟。
三生愿了黄昏后，一席筵开青眼前。
广袤莽原沉万古，生生不息是人烟。

生辰适逢新疆游第十一天是夜于巴音郭楞蒙古自治州和硕县滨河公园独坐天山横亘眼前雪水驰流身边聊以自寿

辗转长驱未歇鞍。绵绵震撼结连环。
征程万里车轮下。客侣一行陶醉间。
遥念亲人望西域。近观明月出天山。
风尘旅足且稍驻。清水河边暂破闲。

快艇游博斯腾湖

草原大漠化雄谈，游兴如潮势正酣。
豁眼睡莲青塞外，遮天芦苇胜江南。
艇穿西海无穷碧，水映长空一片蓝。
路迴山高行色急，归来聊可梦相参。

注：博斯腾湖古称西海。

游坎儿井源

如今得幸且探源。赫赫名传吐鲁番。
抗旱先民多大智，搜肠赞语尽陈言。
电梯直下洞尤阔，古井幽长水正喧。
地底千年难尽识，只知底事为元元。

回返乌鲁木齐途中过火焰山

已惯迢迢行路难。西游将尽待收官。
驻车打卡孙行者，如愿凝眸吐鲁番。
山色绯红如焰炽，气温高热似油煎。
相于纯属一鸡肋，粗制人为不足观。

过库尔勒铁门关

曲折清流峡内奔，遮留谷外势犹存。
两山夹峙成天险，一线中通号铁门。
孔雀河边曾饮马，丝绸路上自遗痕。
过关始入南疆界，边塞传奇尽可温。

过轮台

乌垒轮台一脉存，灭邦复国皆天恩。
烽烟边塞连兵燹，白骨绿洲多旧痕。
武帝晚年能罪己，汉军屯戍即生根。
天山北望识西域，簌簌黄沙犹拍门。

库车印象

城墙厚重足惊人，千载龟兹礼俗淳。
王府百年留美誉，老街一座见丰神。
天山南麓古强国，丝路西行新要津。
异域风光于此盛，侵眸处处是边民。

阿克苏温宿大峡谷遇山洪

丹崖彤壑演千姿，兀立群峰自出奇。
车驶乌孙古道上，人游温宿立秋时。
阴云急雨何其速，洪水浊流难及思。
神秘天山难揣测，预防变脸莫迟疑。

喀什寻访盘橐城（班超城）

抛书投笔自从军，赢得威名百战身。
抗击匈奴丝路续，安怀西域化民亲。
飘扬汉帜卅六国，坚守孤城十七春。
疏勒盘橐为一统，追寻万里拜遗尘。

喀什印象

开城仪式风情在，笑脸张张别样鲜。
魅力匠心在坚守，手工特色广承传。
高台一座知家史，茶馆百年看变迁。
秘境西陲圆绮梦，无疆行者自陶然。

塔什库尔干游览帕米尔高原

直上高原慰远征，冰川湖泊竞相呈。
车朝瓦罕走廊驶，人在盘龙古道行。
浓郁风情塔吉克，古香堡垒石头城。
边陲万里最西处，频听雄鹰振翮声。

注：鹰是塔吉克族图腾。

夜游和田团结广场见万人齐舞

奔波万里到于阗，一派祥和眉眼边。
同德同心同步伐，载歌载舞载回旋。
温柔夜色城堪读，静谧玉都情被牵。
握手伟人雕塑下，倩谁相与共翩跹。

注：广场立有和田标志性骑毛驴上北京的库尔班大叔和毛主席握手雕塑。

过若羌县楼兰故地

未解之谜千载愁。楼兰匿迹化沙丘。
干尸争说为公主，断垒曾经是戍楼。
半截胡杨时隐现，满天云影自沉浮。
可怜小国生夹缝，稍有差池命便休。

南疆大环游由库尔勒轮台库车阿克苏喀什叶城和田且木到若羌逆时针沿塔里木盆地转了一圈有感

旧邦古国现频频，华丽之中已转身。
戈壁荒原缺水土，汉城唐堡委沙尘。
文明交汇明珠接，丝路相牵况味真。
西域绿洲遗迹外，茫茫瀚海惑来人。

印象布尔津城

屋舍类欧式，小城宜起居。不辞千里远，长秉一心初。
遥忆天山雪，徐烹冷水鱼。河湄多亮点，夜色最堪书。

谒喀什老城耿恭祠

西风残照暗边关，拾步登高仰昔贤。
巨像古祠犹肃穆，提枪跃马正萧然。
萧然万里西陲外，守土勋功越千载。
喀什城头猎猎风，昆仑塔下思澎湃。
八百大汉好儿孙，仅余十三回玉门。
英雄喋血守疏勒，矢志不忘报天恩。
颗颗头颅未虚掷，斑斑热血水变赤。
汉家旗帜正飘扬，脚下坚城如磐石。
千年之后刘锦棠，惺惺相惜沐荣光。
建祠塑像意深远，边疆故事永流芳。

浣溪沙·库木塔格沙漠

鄯善楼兰一脉寻，无垠瀚海息余音。教人迷恋到如今。
相隔沙城惟咫尺，相安彼此不亏心。相生相守不相侵。

·北京·

北京印象

孤篷直上赴幽燕。独擅风华六百年。
八达岭高鹰振翮。卢沟桥古史存篇。
徐行北海御园里。悄立景山中轴前。
别样帝都连晓暮。经行处处值流连。

北京表弟弄瓦之喜兼为小侄端木芳洲庆生

曾为观音执柳枝，于今转世解人颐。
欣看蓓蕾迎风发，齐盼新荷待露滋。
亲友遂心桑梓日，椿萱额手汉中时。
莫言寂寞足堪慰，拭目凤雏天下知。

北航采采辛卯生辰有赠

秦淮侑酒记犹真，过隙光阴难作尘。
笔底惯流心底愿，今年不是去年人。
焉因得失萌他志，可让悲欢砺己身。
一念眉间温未散，恍然五度共芳辰。

中共二十大展望

举世目光投禹甸，风华桂月聚幽燕。
苍生翘首惠民策，代表齐心强国篇。
不忘反思和反腐，厘清维稳或维权。
适宜亮剑莫迟钝，事涉苍黎体恤先。

游陶然亭公园

陶然一路趁闲身，园静风和天正昏。
香冢岛中能览翠，畅轩亭内半虚门。
墓牵高石供凭吊，庵系慈悲杂旧痕。
寂寞徐行转心醉，京华胜地合芳樽。

注：园中高石墓是两座墓，并非高君宇和石评梅的夫妻墓，他俩只是朋友。

和平门全聚德吃烤鸭

名闻遐迩世人传，到此欣然尝味先。
现烤明炉可亲睹，油脂未泛已垂涎。

路过中关村

徐行一路向清华，企业高端愈百家。
已被国人谓硅谷，此言端的未虚夸。

游览北京大学

进门直向未名湖，思绪重回五四初。
寻迹当年觉醒者，皆于此地作先驱。

鸟巢吟

已是京华一地标，象征底蕴待推敲。
犹思火炬高擎日，泪浸悲欢洒鸟巢。

游什刹海胡同

垂柳波光菡萏香，燕京前海独徜徉。
名人自有牵怀者，张伯驹和郭鼎堂。

宛平城

拱卫京师溯有根。卢沟相接对夷门。
小城寂寂人烟少，青史深镌炮弹痕。

故宫

皇家气象赖根基，旷世精深人尽知。
一副仓皇凄惨景，溥仪被撵出宫时。

天安门城楼

当时宣告最难忘，岁月犹如梦一场。
今日登楼长俯眺，游人潮涌正徜徉。

国子监文化街

牌楼街景汇成贤，首善儒风自沛然。
孔庙毗连堪入拜，文华昌盛起幽燕。

注：国子监文化街也叫成贤街。

再进纪念堂

蚁民心愿惯难封，齐向京师睹祖龙。
举世奇观数十载，一生念想几分钟。

游元大都遗址

十里土塍拥青翠，一弯浅水流远方。
权就诗文飞想象，大都难觅旧辉煌。

谒赵登禹将军墓

草木一如当日青，相询辗转拜英灵。
晴空丽日硝烟净，空让卢沟沐节馨。

景山访明思宗殉国处

沉沦国祚不须论，龙驭煤山事可温。
应谢寿皇亭下树，繁枝茂叶蔽遗痕。

过阅微草堂，里面已辟为数个新潮画室矣

满室氤氲浮墨香，谁怜壁像久清凉。
门厅古色堪追忆，挂绿紫藤摇夕阳。

破阵子·过圆明园

风过清波荡漾，春来花木扶疏。心底长阴承绿意，笔下难描是废墟。不堪相应呼。

瑰丽残垣可见，暴行罄竹难书。大水法前愁色重，海晏堂边游兴无。可怜一帝都。

满江红·8月20日访卢沟桥

千里驱驰，终伫立、宛平城外。南望处、石狮犹怒，毂痕犹在。衅启何须真借口，鲸吞源自横无赖。更那堪、旧地忆当年，愁难解。

永定水，铭血债；兵赴死，皆慷慨。对苍天落日，已难同戴。铁血始浇华夏土，剑锋直指东洋界。念国殇、一曲悼卢沟，心澎湃。

貂裘换酒·京华游采采设宴相聚于知春路小六汤包店

又到秋风舞。记分明、巴黎问疾，石城寄语。青鸟频传云外信，离恨春愁何处？凭槛外、真心如许。尤是前年秦淮畔，踏微尘、千里来相聚。星月下，畅初晤。

京华游兴摧残暑。易时空、知春重见，寸心如故。窗外星灯聆别景，堪慰年来秋绪。殊可惜、良辰易度。际遇从来难掌控，对君言才命堪相副。无尽意，容倾吐。

貂裘换酒·京华宴上千山风兄见赠大作两册归有记

网海交情重。想当年、金陵侑酒，笑生风动。初晤不知时易逝，凉夜星灯相送。不必说、追唐望宋。离合光阴悠悠过，路途遥难阻千山梦。才气好，共谁懂？

津京游迹今相踵。又相逢、中关村外，月华初涌。别后红尘皆畅叙，慰我离怀深种。直换取、离杯频捧。聚散本来无定数，有缘时切莫轻相纵。金缕曲，为君诵。

·天津·

游霍元甲纪念馆新馆

大哉手笔出津门，南河幸运不须论。
巨雕新现惊时眼，故地重修振国魂。
坟起高标似陵墓，馆藏稀少乏遗存。
门庭冷寂可罗雀，杂味侵心昼易昏。

津门上善若水兄生辰

人向北方开远目，诗传南斝祝延年。
时乖不遂心长在，运蹇难逃路再迁。
甬地生缘缘共我，津门寻梦梦非烟。
灵犀一点千般愿，情义金陵添寿篇。

为天津华勇弟千金鲁泽萱（乳名伊伊）题照

越水晋山遗慧泽，伊伊聪敏有渊源。
明眸炯炯生清秀，笑靥甜甜解倦烦。
快乐应无虑瓊瓦，安康自是慰椿萱。
今从靓照识英物，欲说天真已忘言。

登基辅航母有思

渤海湾中心不甘，帝京西望倩谁参。
惊呼每让人难静，大国何时共蔚蓝。

大雾中过聂士成殉难处

雾重云愁锁北天，英雄跃马客人前。
津门再识伤心地，欲泪情怀多少年。

天津访梁启超故居饮冰室

国恨君恩志未酬，神州暮色正横流。
饮冰室里如椽笔，写尽少年中国愁。

小白楼狗不理包子店吃包子

津门小吃谁能比，第一品牌狗不理。
可惜名实难相符，价高之外味难济。

天津大学

南开毗接志图强，学府恢宏溯北洋。
兴学之余思救国，能从沿革味沧桑。

津门古文化街

古玩字画自相偕，的是津门第一街。
接踵摩肩人潮里，经商游历各牵怀。

杨柳青古镇

独来沽上小扬州，杨柳青青碧水流。
古镇声名真不忝，却由年画拔头筹。

静园（溥仪故居）

紫禁城里走真龙，蛰伏津门作寓公。
快乐凄惶难尽晓，静园岁月最轻松。

平津战役纪念馆

广呈全景战平津，长觅专题释果因。
一路走来真不易，辉煌胜利赖兵民。

天津站前解放桥留别

依依杨柳醉黄昏，远近华灯次第温。
万国桥前执手客，海河夕照染津门。

注：解放桥在解放前原名万国桥。

菩萨蛮·登天津盘山

谁人能秉元龙气，盘山静卧余身底。云去满山青，京东生画屏。
寻芳趋远道，佳境抒怀抱。惊喜逐相侵，旅愁无迹寻。

喝火令·登黄崖关长城

峻岭横长垒，层林拥故关。紧随山势自蜿蜒。恍见戍人千万，曝背古幽燕。

身在黄崖上，心飞翠巘前。雾浓阴重倍萧然。几处风轻，几处路盘旋，几处塞垣烽堠，点缀暮云间。

满江红·大沽炮台怀古

悄步登高，苍茫处、海天一色。经几劫、梦萦心上，浪催潮击。关塞每生家国念，战场总系黎民泣。对长天、铁炮指斜阳，伤情碧。

海欲进，河阻逼，夷欲进，谁能敌？纵同仇敌忾，捍既无力。任是炮坚能拒虏，何堪国弱如颓壁。算而今，多少吊台人，泪成血。

貂裘换酒·津门别过上善若水弟

何幸相知早。记当时、宁波操业，稻粮难饱。千里之遥谁能阻，情系金陵期眺。君点滴、千般缠绕。六载缘悭于一面，况君乎南北抒怀抱。终不负，好才貌。

流光似水终难料。恰而今、津门游弋，友情相召。把臂同游情深处，三日相陪难了。慨莫叹、知音偏少。只有海河堪作证，对清波笑靥多留照。今寄予，别来稿。

貂裘换酒·津门盘桓三日兼寄春水如蓝兄

信是真情者。计年来、平山一晤，便生牵挂。足迹天南兼海北，仔细严冬炎夏。况已是、中年人也。际遇无分先与后，倩谁量、多少知心话。这份谊，越风雅。

几回执手偏难舍。怎能忘、津门夕照，海河如画。我自得闲君得空，此次偏多叨惹。凝一句、寸心非假。硬着心肠望背影，渐依稀淹没人头下。别后语，为君洒。

·河北·

邯郸印象

尝由成语识邯郸，学步桥头不笑难。
一巷回车关将相，七贤遗事浸悲欢。
吕仙祠内黄粱梦，插箭岭中铜镞残。
二日行行皆史迹，赵都处处值瞻观。

邢台达活泉公园

邢台八景令名传，襄国园林尝味先。
垂柳亭台系人设，侵眸甘露是天然。
观星台忆郭太史，涌水区成达活泉。
岛嵌湖中添意趣，纳凉正合此中眠。

注：郭守敬，元朝天文学家，曾任太史令，人称郭太史。园里有雕像和观星台。

石家庄抱犊寨

此寨非村却是山，峥嵘气势自巍然。
陡崖绝壁呈雄秀，峰顶平原成沃田。
起伏长城青翠里，安详福地太行前。
置身燕赵风华处，难舍苍苍一片天。

保定满城汉墓

葬品煌煌惊大千，名凭金缕玉衣传。
奢华陈设追长乐，盛世风情忆昔年。
山体为陵坟不起，弧形凿道室相牵。
靖王崖墓欣问世，要说源头纯偶然。

游沧州纪晓岚故里

向来倾慕阅微堂，冒暑相寻崔尔庄。
炫目晨光藏砚阁，惊人巨制旱烟枪。
三朝宦海风云动，《四库》丰功懋绩彰。
铁齿铜牙诳语甚，亲临务必细端详。

苍岩山

蓊郁青葱入浩茫，桥楼殿宇隐云乡。
层峦叠翠飞虹跨，山水苍岩甲太行。

赵州桥

车到赵州犹沐晨，我行桥上倍精神。
时光不改千年貌，应谢匠师名李春。

游武灵丛台

望中亭榭忆当初，雄峻高台起国都。
尚武赵王陈迹在，夏来花木正扶疏。

沧州铁狮子

斑斑锈迹证时空，铁棒支撑毁俊容。
长叹一声何忍视，相逢宁愿不相逢。

石家庄赵佗公园游后

尉佗归汉垂青史，百岁粤王声誉隆。
华夏重新归一统，岭南开化赖其功。

注：尉佗即赵佗，因他当过南海郡尉被称尉佗，正定（今石家庄）人。

暑期游广府古城

千载名城太极家，滏阳河畔永年洼。
高垣水绕夏风暖，万亩荷塘十里蛙。

注：古城墙周长九里多。

正定古城

一日行藏百感侵，子龙故里散烦襟。
城墙四塔尤醒目，更傍滹沱值诵吟。

·山西·

八月十一日过雁门关

风梳雨洗雁门山，横在苍茫天地间。
岭上长墙起龙势，车前秋色迫雄关。
城楼百尺犹险固，塞雁千年自往还。
铁马金戈沉寂处，萧萧故垒白云闲。

参观阎锡山故居

恢宏私邸自堂堂，合璧中西出定襄。
久历风云如走马，惯看朱紫化黄粱。
安民捭阖抛心力，保境平和做土皇。
三晋口碑褒贬外，枭雄遗爱遍城乡。

壶口观黄河

鸡鸣两岸遥相应，壶口一桥牵晋秦。
奔泄黄流声递远，苍茫暮色雨来频。
万山难阻昆仑水，九曲终成华夏身。
拂面秋风深峡上，星灯渔火覆梁津。

酬太原秋水轩宴饯

风华一路待重温，宝地龙城留履痕。
土菜新招石城客，微醺偷赖杏花村。
赴筵旧雨识新雨，消夜诗魂夹晋魂。
表里山河应入梦，吟怀此际不须论。

难老泉

名垂三晋泉难老，水溉千年谷易丰。
清冽犹迷四方客，谁知汹涌系人工。

晋祠

悬瓮山光入画屏，桐封祠古没丛青。
唐碑周柏仍雄健，岁月无声对窈冥。

万年冰洞

水晶宫里叹天工，万载坚冰不肯融。
燠热孤寒距咫尺，一方深洞锁鸿蒙。

咏临汾华门

巨塔摩云高接天，豪奢装饰不差钱。
时人尤喜求“之最”，恋上浮华多少年。

唐槐公园

苍劲虬枝越千载，芳菲庭院正辞春。
风尘仆仆江南客，来拜并州第一人。

雁丘

同生共死传佳话，垒石成丘留悼痕。
此处俨然神圣地，汾河古渡正黄昏。

谒绵山介之推墓

巍巍介公岭，孤冢自生愁。奉主甘流徙，退身无怨尤。
清闲隐林壑，淡泊粪王侯。且把贤愚辩，迎风酹素秋。

游五台山

秋近清凉境，青黄绝雾埃。焚香金刹寂，朝圣白云来。
塔下千头动，山前一镜开。凌波烟袅袅，落日照莲台。

悬空寺

危崖撑木柱，丹阁寺悬空。云影翠屏上，风光青眼中。
圆融合三教，聚合夺天工。恒岳倾心处，悠闲一脉通。

咏云冈石窟

平城何忌远，闲适倩谁同。乐舞穹窿上，释迦群像中。
漫山布岩穴，造物赛天工。风蚀越千载，沧桑对夕空。

平遥古城

清气销残暑，履痕添一程。店衙贯今古，街巷复纵横。
曾启金融史，已无票号声。秋风如有待，应是念龟城。

注：平遥别称龟城。

灵石王家大院

村落兼城堡，瓦房窑洞连。依山随地势，叠院启渊源。
王姓祖祠古，精雕味道鲜。雄浑民俗里，三晋有遗篇。

祁县乔家大院

祁邑富饶地，名承乔致庸。浮沉随世道，得失赖真龙。
檐下灯笼串，足前庭院重。汇通天下处，得幸一相逢。

定风波·汾河源头

东寨风涛送暗凉，江头不耐薄衣裳。卵石游鱼清可见，非浅。碧波从此向南方。

雨后晴空明似水，陶醉。行将收拾促行装。表里山河魂所系，此地。情倾三晋几回望。

注：东寨镇是汾河（黄河第二大支流，700 多公里）源头所在地，位于忻州宁武县。

·内蒙古·

呼伦贝尔大草原印象

呼伦贝尔梦魂牵，信马追游似少年。
青草稀疏现黄土，白云飘荡嵌蓝天。
憨淳蒙俗半消失，良莠汉风齐变迁。
莫向自然多索取，风光最美是从前。

呼伦湖（达赉湖）印象

地北遥遥生大泽，游心插翅自翱翔。
苍茫水泊胡天寂，起伏高原青草香。
白羽时来剪晴碧，彩云偶见映波光。
浮华远避融辽阔，不枉孤身梦一场。

注：呼伦湖，北方第一大湖，中国第五大淡水湖。

满洲里印象

关东千里久徜徉，止步国门情未央。
尖塔浮雕融欧式，小城草地卧斜阳。
百年积淀根犹固，廿载新风路正长。
美梦追寻无止境，遑论异域好风光。

注：满洲里市 1992 年被国家批准为首批沿边开放城市。

海拉尔印象

破晓朝阳即刺目，晨风七月沁心凉。
金镶穹顶火车站，铜铸天骄大广场。
苍莽高原一城矮，葱茏野韭百花香。
浮光掠影海拉尔，更有敖包韵味长。

注：海拉尔，蒙语“野韭丛生之地”，为呼伦贝尔市政府驻地。

呼和浩特青冢咏王昭君

茫茫朔漠望中青，犹记当年向北行。
图画巧铺趋塞路，琵琶远绝恨君声。
虽离粉黛三千妒，胜似长平十万兵。
香骨谁怜埋异域，魂归汉阙梦相萦。

咏成吉思汗

风沙草莽育天狼，千古殊勋耀大荒。
刀血见时皆失鹿，铁蹄过后即封疆。
百年功业追秦帝，一世英名盖汉皇。
今忆弯弓射雕客，神州谁复旧辉煌。

呼伦贝尔大觉禅寺

北陲寺庙少人知，三面观音世所稀。
背衬蓝天白云下，草原景致惹神驰。

猛犸象公园

猛犸群雕几逼真，身姿暴烈倍精神。
千年一步转孤寂，仿佛皆成远古人。

扎赉诺尔博物馆随笔

羌与鲜卑可溯源，北疆掌故入眉端。
呼伦生态开窗口，模拟采煤心胆寒。

二卡跨国湿地

洲渚相连水鸟翔，迂回曲折碧波长。
一方净土接俄界，北地又添新画廊。

巴彦塔拉草原小坐

天地无涯一望间，四人相对坐流年。
如茵绿草牛羊乐，蒙古包中透味鲜。

车行阿拉善右旗途中

四方天地寂无声。沙碛绵延旷野明。
绿树人烟终不见，一车孤独向前行。

咏阿拉善左旗通湖草原

域外黄沙入画屏，草边湖水染眸青。
秀妍粗犷相融洽，腾格里前几忘形。

·哈尔滨·

过哈尔滨火车站安重根纪念馆有作

剧怜故土已沦丧，异域孤身上战场。
取义捐躯除巨寇，化蛾投火警东洋。
冰城壮举山河动，青史英名家国殇。
今日凭栏相望久，徒留几拜作心香。

注：安重根，朝鲜独立运动家，1909 年 10 月 26 日，安重根在中国哈尔滨火车站成功刺杀侵朝元凶、前日本首相伊藤博文，当场被捕，于次年在中国旅顺就义。

齐齐哈尔和平公园嫩江江桥抗战第一枪雕塑前怀马占山将军

塞外尘烟暗夕阳，曾经人事尚余芳。
含辛岁月十余载，振臂风云第一枪。
首战成名镌史册，千军束手避东洋。
将军生就英雄胆，褒贬应还属二张。

咏牡丹江吊水楼瀑布

迤逦百里映青岑，镜泊长湖发浩音。
出闸排空如素练，倾潭直落似龙吟。
风光怜我市喧扰，碎玉融君襟抱深。
此处大观闻四海，飞流暂许息尘心。

注：吊水楼瀑布，中国四大瀑布之一。它是四十五公里长的镜泊湖水泻入牡丹江的出口。

夜游哈尔滨中央大街顶端松花江畔的防洪纪念塔游人如织 堪称胜景

路灯漠漠半昏黄，高塔依稀着靓妆。
向晚浸淹人海里，披风傲立大街旁。
华年似水鬓趋白，旧事如烟情未央。
昂首松花江畔客，心旌又到那年光。

太阳岛上有思

追游三省不停鞍，一曲当年是起源。
避暑寻幽驱块垒，听涛枕水释尘喧。
雷同心结今开解，别样风光任畅言。
绿岛名江相衬托，俨然城市后花园。

注:1980 年的歌曲《太阳岛上》是纪录片《哈尔滨的夏天》的主题歌。

咏齐齐哈尔扎龙自然保护区

鹤舞长天人洽欢，扎龙名重口相传。
绵延巨毯绿天际，弯曲长河白眼前。
俗虑尘霾千嶂暗，真山活水一心牵。
蓝天湿地堪忘我，恣意清新大自然。

注：扎龙湿地，中国首个国家级自然保护区，丹顶鹤的故乡。

咏黑河市五大连池火山石海

拉朽摧枯眨眼间，一朝凝固静如山。
翻花石海生波浪，画地熔岩施墨颜。
壮阔大观原浩浩，雄浑厚壳自斑斑。
洪荒巨力今无迹，恬适深眠若等闲。

·吉林·

长春伪满皇宫

粉墨登场意未平，半为拒绝半还迎。
倭酋牵线控玩偶，鸟首埋沙避骂名。
闹剧灰飞帷幕起，黄粱梦觉海天清。
皇基末代诚堪叹，祖业谁怜启盛京。

长白山顶观天池时值大雾弥漫久不消散怅归诚为憾事

泰然轮底路千旋，直载游心上岭巅。
润目青葱遮旷野，恼人浓雾漫高天。
能期胜景运偏蹇，无望征途事可怜。
且喜白山生足下，时关得失只随缘。

东北沦陷陈列馆

郁闷心情贯始终，忍观陈列忆关东。
松花江上风云起，黑水白山悲愤同。

北山公园

看似寻常一座山，文华佛道待追攀。
风光错落呈眸底，皆在观花走马间。

敦化雁鸣湖湿地

绿草蓝天相映衬，停车小憩雁鸣湖。
情倾云下巨型画，画染青眸客不孤。

延边朝鲜民俗村观歌舞

一色民风待品尝，长裙长鼓短衣裳。
婆娑曼舞轻歌起，金达莱和阿里郎。

长白山大关东文化园

森林栈道倍心倾，浪漫马车欢乐行。
土匪抢亲亲体验，品尝满族旧风情。

松花湖

波澜遭横截，已然江变湖。巍峨丰满坝，壮阔水山图。
船碎群峰影，天呈碧玉珠。悠悠八年过，尤是未模糊。

二道白河镇印象

冷面就啤酒，追思可启封。驰名矿泉水，养眼美人松。
镇隐白山下，心倾夜色浓。风光与美食，最是得情钟。

·辽宁·

沈阳张氏大帅府

燠热烘蒸地欲焚，长游不减一心真。
青楼肃穆铭家恨，红粉深情慰国臣。
误判艰危先束手，避离誉诟远抽身。
沧桑百载风云换，造化应知最弄人。

咏沈阳故宫

畅游登览不停缰，宫阙深知岁月长。
浴血立威开帝业，拓疆定制远蛮乡。
红羊浩劫榆关缺，胡马中原龙纛狂。
风雨兴亡成过眼，盛京无语对苍茫。

注：盛京故宫属于大清龙兴之地。清太祖努尔哈赤在此登基建国，皇太极与顺治也在此登基。

沈阳中街

四百年佳誉，关东第一街。远曾蒙御赐，近屡得王牌。
悠久值追忆，繁华难忘怀。口碑赖人品，诚信促和谐。

牛河梁国家考古遗址

故址连三省，时空越古今。巍巍女神庙，郁郁大森林。
基地留人足，文明染素心。煌煌五千载，在此可追寻。

辽宁天秀山风景区

峦青遮怪石，洞邃隐神仙。泉罄鸣清响，林涛堆绿烟。
枫丹山寺外，花发客人前。新秀出闺日，恰逢尧舜天。

喇嘛山燕长城

秋到喇嘛山，缤纷启盛筵。眸生五彩画，堞越两千年。
峻岭耸龙脊，奇松撑雁天。云霞残照里，红遍古幽燕。

辽宁建平县黄花山景区

名牵将门女，景合自由行。桩上曾栓马，台前常练兵。
黄花山谷静，石脑水波清。野趣凝今古，尘心向建平。

注：黄花山也叫穆桂英山，区内有石脑水库。

朝阳市建平县清代蒙古王陵

开基赖先祖，后裔获殊恩。松览荣和辱，陵牵亡与存。
胜形凭山水，隆誉惠儿孙。御笔依稀处，辉煌尚可温。

一、节气

立春

淑气催青余寒收尾，晨旭消除残腊；
先还塞雁再绿垂杨，中宵交割新春。

雨水

风满山川，烟堆杨柳，水气熏腾宜獭祭；
冬寒殆尽，嘉澍如酥，生机萌动报春回。

惊蛰

惊雷乍放百虫出，已尽消冬意；
光照趋强万物苏，可预备春耕。

春分

昼夜中分时刻，双燕画梁，百花争艳；
风光扮靓人间，雨雷送暖，桃柳着装。

清明

万树含烟，百花竞艳，绿红焕彩，野外犹宜踏青者；
才攀新柳，又起离愁，草木生悲，坟前自有断肠人。

谷雨

茶蘼径暖，杨柳风轻，莺燕舞晴空，油油麦浪随春秀；
阵阵蛙鸣，融融花气，山川呈黛色，袅袅茶烟带露鲜。

立夏

春残雨剧，夏始温升，单衣才试，乃知节序暗相催，好景能回首；
新木成阴，东风转向，暑热尚微，已觉年华半虚度，盛时不再来。

小满

真乃好时光，炎热渐多，江河看涨，荠麦正灌浆，耕者方成痳；
实为大智慧，心情舒畅，饮食适中，生涯宜小满，风姿最可人。

芒种

梅前春后，迎来农忙季，喜见新秧初出水；
野外地头，频起击壤歌，静听麦浪待开镰。

夏至

入序有声，立杆无影。一年光照，终到最长日；
江南梅雨，野外高温。半世岁迁，已临向晚时。

小暑

暴雨始多，气温渐热，避暑食新消伏旱；
山暗闻雷，风来喧竹，治秧收麦望丰收。

大暑

防洪抗旱尤为要，暴雨当头，阳光炫目；
消夏迎秋最可期，天似蒸煮，人盼清凉。

立秋

人间酷暑热依稀，凉气契心生早晚，多亏时雨；
树上寒蝉声凄切，金风不意起山川，正报秋声。

处暑

金风吹五谷，丰登在眼；
暑热散余威，凉爽于心。

白露

暑气未消瘟未了，夜凉生白露；
雨丝时下雁方回，风紧近中秋。

秋分

凉风应有信，人天共爽，暑热全消，最爱中宵冰魄夜；
秀色正无边，昼夜平分，金秋过半，长思八月桂花香。

寒露

露白凝寒，秋深待雁，欣观稻浪掀新景；
青春梦在，桃李蹊成，静候人生伴落霞。

霜降

乾坤趋肃杀，将冬送深秋，悲生落叶；
早晚渐寒凉，有丹枫待赏，霜菊傲风。

立冬

秋尽昨宵，北风将紧，红叶随风疑作雨；
冬生今日，寒露频增，黄花带露渐成霜。

小雪

黄菊已残，红枫正艳，霜夜凋成明霁色；
向南雁翼，待破梅苞，寒风吹彻玉栏杆。

大雪

暮至花开，夜深地白，闻枝折能知雪重；
南山云冻，北户风鸣，待天明可料年丰。

冬至

凛凛北风中，严冬初入九；
沉沉黑夜里，白日始趋长。

小寒

晓日初长，江左轻阴，寒浅小梅先绽蕾；
朔风趋烈，雪花正紧，霜威时节倍生寒。

大寒

大雪掩门，冻云暗日，阴冷应时宜近火；
淡疏梅蕊，溶泄冰澌，苦寒至此待交春。

二、动物

鸡

抱蛋报时同在，上下千年，居家必豢，其生有幸；
农闲节庆无差，方圆万里，餐桌首推，乃命何辜。

鹅

白毛红掌咏千载，兰亭碑字尝闻，允称佳话；
曲项颀躯汇一身，语圃俚词多见，却是呆头。

鸭

能试春江暖水；
终成众口佳肴。

猪

心宽肢短，貌寝体胖，总因厚味肥甘以待宰；
食必糟糠，居多圂厕，常以温和憨懒而富家。

狗

忠主护家，反被喻人招骂；
承欢解闷，却能恃宠成娇。

猫

餐鱼执鼠，扑蝶戏花，轻盈善跃人皆喜；
虎面狸形，霜毛雪齿，小巧贪眠态自娇。

牛

颈有轭，鼻有绳，念一世肩霜蹄雪，几度耕耘终不歇；
慢挨鞭，老挨宰，嗟四时席地幕天，全身奉献倍堪哀。

马

壮年路上奋蹄，老迈厩中伏枥；
屁系谀人而拍，首唯听命是瞻。

羊

知恩而跪乳，心善乃成孝；
挂角不留痕，性温堪谓灵。

兔

短尾豁唇，团身圆眼，常因善跃多营窟；
群居胆小，嗜睡心虚，也会易惊常咬人。

三、咏花联

水仙

袅袅清姿，幽影凌波撑玉骨；
亭亭翠帔，寒香生晕顶黄冠。

牵牛花

刷翠成花，朵朵喇叭呈笠顶；
绕篱萦架，青青柔蔓带清香。

杜鹃花

百里香时，西施花发多梅雨；
万山红处，杜宇声中正晓风。

海棠

贵妃足睡，西子夜妆，芳心寂寂胭脂色；
梅柳清姿，丹青重彩，淑态幽幽解语花。

玫瑰

无情随流水，锦绣芳华，春风中怒放；
有刺傍爱情，琼瑶姿色，烛火里温柔。

昙花

朗月当空，花开一瞬，绝美难长久；
人生在世，岁重三春，韶华不复回。

桂花

三秋压众芳，天香熏染溶溶夜；
孤月留蟾影，翠绿催开点点金。

丁香花

逢春花发，遇雨愁生，千结枝头难尽放；
色雅体纤，香浓朵弱，一丛梦里不孤单。

仙人掌

如球似掌，绿衣遍体，药食皆宜，性孤高，心寂寞；
怕冷喜阳，毛刺加身，风沙不畏，内柔弱，外刚强。

桃花

簇簇彤云，占断春光，世上仍传刘宾客；
夭夭容色，擅专娇靥，人间犹念息夫人。

注：刘禹锡晚年任太子宾客，世称刘宾客，以玄都观桃花诗著称；春秋四大美女息夫人息妫脸似桃花，被称桃花夫人。

罂粟

可炫目，犹可生财，妖娆不可蒙心眼；
能疗疴，更能致命，青史最能警未来。

茉莉花

玉骨冰肌，柔枝翠叶，标格出尘天赋予；
青衣淡蕊，素靥暗香，仙姿绝世自扶疏。

康乃馨

一番过往，一朵清香，淡雅温馨处，尤宜赠母；
十足纯真，十分牵挂，无私大爱中，最合感恩。

荼蘼花

盛极即凋时，妙质清妍难过夏，芳丛犹可悯；
开初常殿后，浓香寂寞不争春，花事最堪怜。

君子兰

清芬解秽，细叶凌霜，诚为九畹孤标君子；
碧玉生层，娇花攒簇，恰是山间空谷美人。

风信子

串串铃铛，如百合，似丁香，飞渡重洋方百载；
浓浓香气，细雨中，东风下，幻成多彩正初春。

睡莲

叶似马蹄浮水面，茎短根深，长在淤泥能不染；
花如莲瓣立池中，晨开昏合，处于尘世却无争。

梨花

冷艳素能欺雪，玉树琼葩，惯与桃花争绝色；
清芬雅可入衣，淡风微雨，敢同桂子比幽香。

月季花

牡丹春晚，芍药夏初，独能四时荣谢诚如谦谦君子；
斗艳随桃，欺霜同菊，长拥三月风情长似楚楚佳人。

杏花

白红当映衬，春色满园，娇英一朵，勃勃生机谁可锁？
晴雨两相宜，胭脂浅注，暖气潜催，离离倩影自堪怜。

樱花

观者如潮似浪，镇日痴迷，媚骨姗姗中，烂漫如霞，凄清胜雪；
惜之簇绣镶珠，漫天飞舞，轻烟冉冉处，尘埋艳魄，泪滴深怀。

合欢花

绽蕊丹丝香馥郁，朝随红日，朵朵为团，解愠尤先爱情树；
成双羽叶影参差，夜拢青颜，纤纤铺翠，有情不弃合欢花。

注：合欢花也叫夜合花，其树别称爱情树。

茶花

淡雅如篱菊。彤云金殿，玉面青裙，况味百回中，胭脂染就岁寒种；
孤怀似岭梅。带露和烟，飘香送艳，清风两腋外，霞霭妆成富贵姿。

菊花

经秋绿叶离披翠，犹带东篱三径霜。气爽天高，最是圃前观怒放；
入眼黄花淡泊金，只输陶令一壶酒。蕊寒香冷，从来槛外识孤标。

四、人物联

溥侗（民国四公子）

庙堂更替，自弃天潢，韶岁久蹉跎，全部身心倾票友；
政界浮沉，依然贵气，初衷诚不改，一腔腹笥化青烟。

张学良（民国四公子）

弃疆易帜，因争论是非而成一世纪风云人物，功臣个案难分说；
爱国忧民，由挟持利钝连作五十年体面囚徒，青史千秋有定评。

袁克文（民国四公子）

人生才过半，奈何有死。惜声远仕，视金钱如粪土，直面王孙背影，凄凉家国；

往事可追踪，太息无言。好古知书，温旧梦若云烟，徒留诗酒风流，倜傥文章。

张伯驹（民国四公子）

真学人，老名士，文华底蕴，超逸天资，尤擅吟诗作画，单就声望气节，长垂后世；

不骄富，能安贫，荡产收藏，倾囊捐献，反招批斗隔离，纵观家国情怀，愧对先生。

溥儒（溥心畬）

专擅诗书画，不知柴米油，溥张佳话，艺坛风雨值珍藏，台北犹传真趣事；

谋生最识人，处变能全节，文武贤才，乱世飘摇难大用，尘间频念旧王孙。

左宗棠

东戡闽越，西定河湟，白首临边，黄沙遗爱，犹存驿路左公柳；
治水恤民，理财兴学，草根逆袭，魅力张扬，长忆人间绝世才。

朱元璋

由放牛娃至三军帅，怀幽深坚忍之心，历南征北伐，虽布衣却成伟业，遂能汉祚回归，尽抒草莽豪情，帝王气概；

经明律法到戮功臣，作刚愎雄猜之主，纵旰食宵衣，因世禄而烂根基，从而生机窒息，终令患遗家族，祸及子孙。

吴晗

家贫立志，质慧从文，浸书香，研明史，前贤垂曜藩屏之下，四面尽坦途，足可称学界荣光。正道堪为广也；

灭祖欺师，莅官媚势，拆古建，掘皇陵，政治浪潮裹挟之中，全家皆厄运，终沦作世间耻辱。人生不亦悲夫！

汪兆铭

行刺成囚，从孙斗蒋，豪杰堪为，孤注演成三部曲；
投倭叛国，挫骨扬灰，汉奸应得，一生分作两回人。

梅思平

纵火赵家楼，逞即时快，得半世名，爱国书生传五四;前途可期，前途可惜；

附奸汪精卫，作急先锋，当马前卒，通谋政客背初心。一念成佛。一念成魔。

赵武灵王

名就丛台，恨遗沙丘，英雄难避萧墙祸；
效胡骑射，立威戎狄，燕赵犹存任侠风。

狄仁杰

有唐廉相无双士；
自古并州第一人。

张九龄

恩泽满岭南，曲江风度德垂后世；
才堪一柱石，宰相英贤名显开元。

徐霞客

一介布衣，双屦孤筇，穷河沙，上昆仑，足迹遍神州，千古奇书传后代，人称游圣；

立八方志，行万里路，盗频阻，粮常绝，孤身临险境，半生游历记行踪，我谓先驱。

彭德怀

立马横刀 任凭百战功勋簿；
舍生忘死 难改一身肝胆人。

东京奥运会江苏首金获得者张雨霏

泳道直通奥运领奖台，劈波再斩金，尽展彭城风采；
东京已是人生分水岭，破茧终成蝶，频增华夏荣光。

张桂梅

一片赤诚，满腔热血，根扎山区，敬业兴滇，人颂燃灯校长；
韶华有限，大爱无疆，情倾童女，视生如子，世传追梦母亲。

蝴蝶庄生（董学增）赠桃树流丹的嵌名联

桃李益彰，熟径天成，踏破千山霞客梦；
流云安谧，丹崖鹤倚，题来万卷谪仙诗。

流丹回赠董老的嵌名联

哪怕情迷鸳鸯蝴蝶，夫子门墙多后学，庄谐不论；
纵然心系琴瑟芭蕉，秦淮风韵赖先生，增减何妨。

五、地名联

小丹阳

传奇贯古今，天上尘间，曾演人仙绝配；
小镇连苏皖，吴风楚韵，再呈郡邑英姿。

黄龙岘

茶乡千树暖；世味一壶春。

石塘竹海

今向石塘寻旧迹，吴风皖韵中，四面山围涌翠海；
且听泉水静尘心，翠色岚光里，一亭翼立阅桃源。

南京爱情隧道

尘事多半圆，张弛宜有度，虽历悲欢，实难完满；
爱情如地铁，快慢不由人，谨防出轨，尽可相牵。

注：南京江宁一由铁路与树木自然形成的网红地。

当涂灵虚山

炼丹井，放鹤亭，人共白云杳渺；
迹稀稀，文凿凿，世传丁令飞升。

淮安镇淮楼

南北有枢机 千载巍峨涵古韵；
东西流淮水 一城震慑立山阳。

潍坊麓台

素月分辉明翠麓，薪火当年承北海；
岚烟成带浮青嶂，书香此处启儒风。

注：孔融曾为古北海即潍坊郡令，世称孔北海。

镇江西津渡

栈道蒜山，衍生文脉，承载辉煌南渡；
断矶绝壁，眺望瓜洲，追思杳渺遗踪。

苏州齐门

登楼能半解乡心，惜乎齐女；
临水可一窥容貌，壮矣吴城。

放生池

哪有众生平等；多亏佛性仁心。

蒙古王陵

御笔雄豪 堪称恩宠；王陵宏大 可见规模。

吉州窑

烟霞骨格中 彰显庐陵气象；泉石生涯里 蕴藏大宋风华。

朔州

杀虎口前山积雪 忆晋商洒泪；
雁门关外石存霜 听胡马撕风。

丹霞山

翠色覆丹山 三省通衢 风光牵客袖；
明霞投赤壁 千峰作画 奇幻入人心。

范公堤

筑堤千里，海疆民众齐称德政；
造福一方，故地滩涂同沐甘棠。

徽县尹家老宅

不碍稻坪有味，着意豁人眸；水色山光，远尘堪入咏。
更添老屋无声，藏私牵客步；溪声鸟语，笼翠自清心。

宿迁项王故里

拔山举鼎，破釜沉舟，人杰鬼雄自凛然，魂系梧桐巷里；
百战成名，一朝失势，豪情率性诚悲壮，名淹叹息声中。

建湖九龙口

一岛成珠，似碧波耸翠，树色亭阴亮点外，更有苇滩万顷；
九河聚首，如绿毯蟠龙，天光云影画屏中，已然泽国千年。

射阳息心寺

兴废越千年，射阳河畔终能易地新修，再结佛缘重辉梵宇；
江淮第一寺，黄海滩前尽可登高远眺，顿消烦闷暂息尘心。

盐城水街

入大宅门进博物馆，静观瓢城过往，文化平台始盐渎；
登翰墨阁循串场河，同沐百姓风情，休闲宝地在水街。

盐城陆秀夫祠

戍边从政心系庙堂，宋末广传三杰。一千年里宇内诵吟不断；
蹈海殉身魂归故土，宇中齐赞孤忠。五百载来案前香火频仍。

注：盐城陆公祠始建于嘉靖十年（1531）。

大丰上海农场

大丰野地曾称北上海。八万青年芳华绽放，凭热血扎根创业，已成时代新鲜缩影；

黄海荒滩今为活教材。一方飞地历史长存，用印痕见证激情，尤值后人深刻反思。

六、纪念日

贺江南文脉茶社开业

茶邀三友，论古论今论文脉；
诗咏六朝，忆山忆水忆江南。

贺徐州东坡诗社成立

黄楼治水，云龙放鹤，两载知州遗大爱；
后进怀恩，仰者思齐，一朝起社慕先贤。

贺仪征楹联学会两周年

千载真州山水，傍秀美江城，丰韵独专，吸引耽怀客；
两春联苑风华，仰先贤文脉，初心不改，感招同道人。

贺江左诗社开社

共气连声新结社，石城并老，世路皆谙，大雅诗坛增劲旅；
搭台唱戏壮吟旌，行谊为先，性情堪悦，金陵艺苑竞芬芳。

杨门添丁

人世麟儿天赐予，阖门有庆获宁馨，伦常有续；
明堂玉果德修来，庭树开枝淋喜雨，夙愿得偿。

腊八节

吃冰承俗，熬粥庆丰，祭祀无非追远；
年味渐浓，腊时已到，情怀还是祈禳。

元宵节

街头炫彩，檐下张灯，纤云弥散中，火树良宵春入夜；
楼阁交辉，鱼龙起舞，花影参差处，芸窗画舫月寻人。

除夕

今宵岁尾，除旧布新，阖家团聚中，无非一食，浑不忘各自承欢，祝福，守夜；

明日年头，迎春敬老，把酒东风里，总是千祈，更记得他人羁旅，值班，戍边。

母亲节

四季嘘寒问暖，一生挂肚牵肠，忍看染雪青丝，成冰清泪；
长施寸草春晖，广布高情德泽，难报如山母爱，似海亲恩。

青年节

守旧常因华发，革新多是青春，启民智，促国昌，引来德赛二先生，人皆怀念觉醒时代；

少年恰似老年，热血几成鸡血，要自强，看当下，消失精神诸品质，谁敢预知不定未来。

上巳节

新服既成，追逐春光，为祓灾，也为祈福。
兰汤待浴，扫清愁郁，是结束，更是新生。

愚人节

古俗今承，也要鼎新革故，有碍观瞻，谁会安心成看客；
西风东渐，当非媚外崇洋，无伤大雅，我求放胆作愚人。

辛丑端午

佞臣媚主，忠直沉江，已然两千多载，不知冤可洗?
粽叶飘香，榴花竞艳，约有十四亿人，静待梦能圆。

壬寅端午

一曲离骚发孤愤。楚山负屈，湘水思人。国事蜩螗生浩叹。
千年诗客赋招魂。积恨怀沙，感时堕泪。疫情起伏看民艰。

建军节

南昌第一枪，引领军旗升起；
血路万千里，允襄劲旅炼成。

七夕

别梦经年，望新月半轮，雨过金风逢玉露；
鹊桥入眼，有疏星几点，思侵碧落到银河。

十年

性相补，情相契，十年过往终无悔。
发渐皤，人渐衰，一世烟云皆是缘。

2022 年农民丰收节

金秋过半，昼夜平分，秋色浓时逢佳节，丰收在望；
暑热全消，人天共爽，热情涨处看农民，喜悦于心。

代友题母亲八十大寿

古稀后十年，儿女满堂，人近百龄如赤子；
期颐前廿载，寿康盈户，天留一老待玄孙。

七、挽联

挽李总理

心牵六亿人，眉头难尽展。看如今禹甸衔哀，倩谁一掬苍生泪；
位显十年相，襟抱未曾开。思往昔疲民寄望，容我同悲国步艰。

挽余光中

生自南京 长于乱世 安于台海 半世诗文堪共国人仰；
魂牵故土 身系天年 心系乡愁 百年毁誉且随辽鹤飞。

挽吴罡（那亲阿罡）先生

惊悉先生去矣，十里秦淮留绝笔，太湖访友，网海论诗，种种前尘如昨日；

徒教后学悲哉，一身傲骨许才华，淡饭忘贫，蜗居有乐，般般心迹寄来生。

挽吴孟达

实力王牌，最佳配角，嬉笑总娱人，痛伤常奉己，尘世因公多乐趣；
啼鹃沐雨，驾鹤归春，凄风生一夕，哀诔寄微忱，音容从此得永年。

挽袁隆平

饮水思源，最宜追往，满腔心血注农田，天地仁心，人神大爱；
闻公驾鹤，无不伤情，一世修为称国士，名传禹甸，德被苍生。

挽吴孟超

世无不死之人，纵痛惜精诚技艺，白寿生涯终到岸；
公有可钦之处，况谱成肝胆春秋，小民怀念总由心。

注：99 岁为白寿。

挽余英时

前尘犹可说，来者恐难追，一代大师终化鹤；
学识贯中西，寸心牵华夏，九州故土正招魂。

挽楹联学家裴国昌先生

家风承惠，著作等身，悲 天归一老，哀慕有余恸；
遗世文章，半生业绩，念 人足千秋，追思无尽期。

八、杂类

廉政征联

成败于三思以后；贪廉在一念之间（获二等奖）

乔迁

老旧萧条，皆盼拆迁，城乡参半；
离乡背井，已成常态，忧喜难分。

香港回归联

百年耻辱萦怀 犹痛香江北望伤心史；
廿载紫荆侵眼 长思热土南巡设计人。

建党 100 周年

征程待回首，蹒跚而进砥砺前行，终擎特色旗、走求新路、圆华夏梦；

异域正扬帆，广启国门长除桎梏，以迎八方客、聚四海财、奏百年歌。

馒头

种类趋多凭经验，累日操持，当真辛苦；
面坯蒸熟即成功，看似容易，都不简单。

咏火锅

或宫廷，或民间，省时便捷于火红炭黑中，相安自适；
可麻辣，可清淡，肉片时蔬在气热汤浓里，各取所需。

题齐白石《龙山七子图》

弦歌半世，身外浮名难入心；风云拟待豁青眸，初识龙山七子。
典范百年，寺中梵语频过耳；儒释相融牵客步，总归白石一人。

东晋博物馆

一馆珍藏，开今继古，灯光闪烁中，正呈现江山半壁；
群楼环矗，傍水依山，水汽氤氲里，能感知金粉六朝；

云锦博物馆

晋末滥觞，明清鼎盛，传承工艺越千年，金翠交辉，伫它台前多羡望；

美轮美奂，如醉如痴，独特内涵凝一馆，古今相映，惜我囊内少余钱。

侵华日军南京大屠杀遇难同胞纪念馆

痛史当铭，和平应惜，屠城血泪难消蚀，风销白骨未成尘，反思为要也；

云愁江左，笛警金陵，入画山川可证明，雨洗苍天皆是泪，国耻可忘乎？

过往生千感，苦甘洇一身（代跋）

小时候总觉得时间很慢，随着岁月的增加，对时间不断地刷新感觉。现在每天都有做不完的事，一年很快就过去了。不经意间，新的壬寅年突然就来到了眼前。

金陵舒贵生先生信息征求我意见，言本年内上海文艺出版社意向出版一部诗集丛书，问我是否愿意共同参与。

虽然我一介书生，两鬓微霜。拈毫语窘，烛物光微，但盛情之下，怎可相负？

对于学诗多年的我，出一本自己的作品集，给自己一个阶段回顾总结，也是很有意义的事情。于是我愉快地答应了。

自壬寅新春选编是集至今逾半载。诸事皆顺。只等付梓开印。

即将付梓之际，略附数言，聊述所感，并为之跋。

几点说明：

一、整理分类时，打乱了写作顺序和写作背景。好在大多诗作针对的是某人某景某事，无需提示时间背景，可以忽略不计。

二、最难诗是自家删。太多的作品，虽不尽如人意，但对于自己，却有着重要的意义。敝帚自珍也。但愿所选，不会污人耳目。

三、诗为心声，但作为一个一生坚守农村家乡中学的教书匠，没换过工作，也没换过工作地点。也没有生活中的大起大落，想全部题材作品的高大全，定力有不逮。这也是没办法的事。不过我在选材上还是力图平衡。

四、学诗十几年来，虽感觉不容易，但初心一直没有变过。交友中、诗词里，足见性情。熟悉我的人知道，我的相知相惜的诗友遍及全国，承蒙他们青眼，不嫌我浅陋、水平差，这让我的人生有了更美好的体验。

五、余偏好七律，故律诗在我的作品中比重最大。

过往生千感，苦甘洇一身。鉴于个性原因，拙作难登大雅之堂，不敢祈求名家大家题诗作序，既无意为之延誉，亦免贻笑大方。此集只是余诗路历程记录而已，不需要名人无谓的恭维和贴金，那样或许更为难堪。

手头正好有在江宁执教一辈子的颜景农老师和山东诗友月白（甄德如）十年前写过的对我作品的评价。这次出版顺便附在书后，师友的观感可能更为真实，也算聊补阙如了。在此，先向颜景农老师和月白老师致以真挚的谢忱！

杨益安

壬寅年暮春于金陵

补记

由于某些原因，舒兄提议的上海文艺出版社诗集出版之事泡汤。时光又走过两年。

今年四月，我参加东山诗社江西红色之旅，旅程中有幸与远东书局陈德民兄同游并相识。与陈总一见如故，相见恨晚。陈总有的是出版社的资源。于是，我的诗集就提上了议事日程。

在原先整理的书稿基础上，又作了新的增删，体例和内容又作了相应的调整。

于是，本书付梓就是时间问题了。

最后以自己的一首小词作为心声作结：

生查子

青鸟乍飞来，应谢东风送。春水起涟漪，回首堪如梦。
多少好时光，相与家山共。诗海任徜徉，唯倩知音懂。

此为跋。

杨益安

甲辰年榴月于金陵曝芹庐

襟抱平和有正声

——初读杨益安诗稿浅评

颜景农

曾在互联网上看到一个博客的名称，叫“桃熟流丹”。我惊奇这个“流”字用得好，把静止的色彩动化起来，很有诗味。我认为此必是追求艺文之君！读过他的许多诗后，知道他确实是位诗人，也知道他就是南京市江宁区丹阳学校的一位执教了 20 多年的初中英语老师——杨益安老师。

诗，与英语教学业务搭不上边，便又可知其诗皆发于心了。《乐记 · 乐本》:“凡音之起，由人心生也。人心之动，物使之然也。感于物而动,故形于声。”这里的“物”泛指主客观种种事物。可见其所创作，乃心有所动不能遏，而发于襟抱的。我稍读过些诗，略有兴趣，但知之甚少，不谙写作；近来偶然看到杨君一份打印的诗稿，或许是其中的魅力驱使，让我一气读了不少。稿中题材广泛，体裁多样，赞美讽谕，感物投篇，描摹写意，酌句择声，让人读了不由觉得入其美的境界。可能也是心不能遏吧，妄撰了这篇拙文。

集稿总有 102 首，其中律绝体裁占了 83.33%。这个比例同我《诗律不倒探源》里所统计的历代诗人创作中律绝之占比重相似。这首先表明了杨君是位典型的得传统之诗三昧的人。诗，当然不必说某种体裁最好而排斥其他；但在当前，尤其是党的十七大六中全会以来，对于重视传承与弘扬民族优秀文化的大背景中，而能得其三昧者,似为佼佼。据知,杨君 1969 年生,在我这老迈眼中,还属青年，故尤觉可贵。

笔者识寡，觉得有些青年在“得”“失”面前易激，借范仲淹的话说，就是或则“其喜洋洋”，或则“感极而悲”，持其“中”而“和”者似鲜。可我细读杨君的诗稿，便感觉到透出一种平和之气。如《咏桃花》:“蓄势群芳方待发，桃花灼灼已盈枝。惊春丽质晴明里,含笑娇容烂熳时。香郁迩遐飞蝶至,韵生浓淡寸心知。不知轻薄名谁赋，雨后残红任绮思！”诗分明是赞美桃花的，但不过分。桃花向来以早开、色艳为绝,《诗经·周南·桃夭》就有“桃之夭夭,灼灼其华”的名句。杨君此诗首联便赞其早开,“方”“已”二句对比，述其“早”。中二联从表、里、主、客不同的角度描绘其质与容的美，然不过“含笑”“寸心知”，淡淡无骄矜之气。尾联对被说成“轻薄”似有些不平，但故用“不知”二字，回避了直接表示反对的意思，没有棱角。实际上就因为桃花开期较短，非久固之物而被喻“轻薄”的。对此客观的现象，作者并不回避，却以“雨后残红任绮思”结出，为桃花表现出无怨而自赏的美妙诗情。清・徐增《而庵诗话》:“作诗如抚琴，必须心和气平，指柔音淡，有雅人深致为上乘。若纯当气魄，金戈铁马乘斯下矣。”杨君之诗，似得其度了的吧。

细读杨诗，不论何种题材的，我都感觉到平和之气，对于一位青年诗人来说，相当不易，是有其较深学养为基础的。再看《情人节》:“尘世难堪俗世风，玫瑰应与誓言同。肯将深语酬情笃，漫掷青蚨掩固穷。西物舶来多魅惑，奢糜跟进渐迷蒙。神州万象为常态，只我相逢似未逢。”这明显可见是讽谕的诗。笔者对此十分叫好！流行于世的，何止“情人节”舶来？读者可知，这里我也不屑一一罗列。总之，可叹的是，忘了自己的祖宗者不少！杨君这诗讽谕了跟进舶来，更有对把虚情、虚荣、虚矜掺入到神圣爱情里的谴责，一看便知，无待细解。但是，语言中没有厉气，而且一个结句：只我相逢似未逢，透示出并不是干预别人。其实讽谕有力，妙非金戈铁马。

写到这里，联想到白居易“歌诗合为时而作”。这个用意突出表现在他所写的一系列以讽谕为主的“新乐府”。当然，为时，自然可理解为歌时。我们社会主义新时代，乃是历史上从来没有的人民当家的时代，有着无数可歌可颂的题材，诗人们自当拿起笔来尽情歌赞。杨君稿里颂赞的作品也不少。然而，“为时”不能把它简单化地认为都是表现好人好事。《情人节》讽谕明显，却也属于“为时”之作，表现了作者对社会的关切，体现了一位正直诗人的社会责任，恰合白居易歌诗为时的本意。而同时在风格上不火而平和，实难能可贵。这种为时而又平和中正之声，岂非出于襟抱的正声！记得李白曾经慨叹过：“正声何微茫”！那是千余年前的话了。李白曾来过东山，若这位诗仙泉下有知，有幸重行光顾，看到杨君这份诗稿，当以为慰，必会惊异地咏出“正声何昂扬”了吧！

当然，襟抱出于语言、韵律，乃是作品内容和形式的融合，不是孤立的。是则，若进一步析其语言，味其韵律，可圈可点的很多;限于笔者老迈思涩，不能畅达。同时，刘熙载《艺概》说过，“诗品出于人品”，平和的创作风格可见诗品，亦足以见全貌矣！读者及杨君庶几可恕我乎？

或诘：杨君稿里的作品都是完美的吗？则请恕此文不属“鉴定”，勿以俗眼视之，是为幸。

2014 年 4 月 19 日星期六书于两无居

格调不掩性情真

——浅评杨益安（桃熟流丹）诗友诗词

甄德如（网名：月白）

杨益安，1969年生，金陵人士，笔名：桃熟流丹。中学教师。执着率真，天性淳朴，时而顽劣，恰似大男人心里藏着个小顽童。才气卓然，善作诗填词，其风格凌厉清落，疏朗有致。他的诗词笔法各异，题材广泛。字句明白如话，且又流转如珠。

他的登临怀古之作，深寄幽怀，开合有秩，尤见心性。如《游西安茂陵霍去病墓》："别处何曾见，君臣永不离？茂陵难寂寂，春草尚萋萋。高冢祁连貌，勋功帝祚基。烽烟疆海上，能觅汉家旗？"感慨历史，抒发情怀，引人深思。又如《满江红·南唐二陵怀古》："三代奢华，便将那、江山与敌。徒留下、李家陵阙，空增惋惜。立国多为凭武力，丧邦最是源弯膝。到如今、看故国南唐，唯陈迹。回廊里，词在壁；墓冢外，人如织。正苍山肃穆、山青水碧。细雨迷离牛首雾，微风缓拂秦淮荻。叹金陵、代代古王朝，亡何急？"词笔落拓，首尾相参，一气呵成。抑郁顿挫，尽可抒怀。

在杨益安诗词中，一部分描写现实题材的作品，很惹人瞩目。

他的眼光凌厉，视角独特，思辨的智慧，使作品具有很强的艺术张力。如《百家讲坛》现象有感："央视名栏已有时，文人教授万家知。欢呼涌起明星浪，笔伐掀开唾沫池。褒贬不苛诚可敬，言辞过分岂无私？登坛哪是一朝就，热闹中存冷眼思。"又如《甲午战争》："沉疴十万烂根基，正是金瓯损破时。忍看小邦成巨寇，耻闻大国败东夷。马关遗恨留深痛，华夏蒙羞待醒狮。黄海风涛声似泣，漫天呜咽欲何之？"此首感慨浩然，大有风骨之姿，魏晋之势，读之一叹！

杨益安的咏物、抒情诗，清新别致，活法自然，拟字度词，甚有华美之意。如《咏芍药》："含泪花仙似醉眠，白黄红碧各呈研。殿春芍药非凡种，云锦霞绡难近前。"所写之物，娇婉生姿，楚楚动人，使人生怜。又如：《咏六尺巷》："大度桐城呼吸间，非常小巷不知年。蝇头蜗角红尘事，此地思来一粲然。"他且将所咏之物与历史巧妙结合，丰富了底蕴，又鲜活了形象，更给读者留有空白，予人深思。

他的悼亡之作，荡气回肠，深切感人。如：《悼母》"难忘慈母百年身，岁岁劬劳难尽陈。笑靥能从像上见，慈音只在梦中真。怕描心苦承千憾，忍说堂空少一人。容我来生重伺奉，再无恨悔向风尘。"又如《青玉案·悼亡兄》："夜阑苦雨惊思绪，影仍在，音何处？遥想儿时情几许？闻鸡同起，遇悲同诉。共赴求知路。恨天横夺终成羽，碧落茫茫共谁语？从此天涯无倚柱。光阴难住，泪流难阻。无计能留汝。"皆坎坦咏怀，余味无尽，读后使人垂泣，乃悼亡之上品。

他的酬赠应答的诗词中，也不乏佳作。如《鹧鸪天》读《月白吟稿》兼寄月白："龙口氤氲草自春，榆关内外寄吟身。江南长忆倾情客，雅室仰望漱玉人。趋百感，步清真。新编已是可疗贫。墨香馥郁分明处，肯与愔愔作后尘。"文字清雅，词味醇厚，可为真挚之作。

杨益安的诗词不拘格调，不限题材，恰又关心时政，反映现实，经历多年的磨砺，在技法和心境上，颇有心得。近年来，佳作迭出，避时人千首一面的弊端，恰如园中花容竞放，各得风姿。益安作品之丰富，可为时人效法，佳句、佳作，更值得收藏细读。

2014 年 4 月 22 日星期二